Lady Ludmilla's Accidental Letter
by Sofi Laporte

レディ・ルーの秘密の手紙

ソフィ・ラポルト 著
旦紀子・訳

ラズベリーブックス

レディ・ルーの秘密の手紙

主な登場人物

ルードミラ（ルー）・ウィンドミア……前アンバーリー公爵令嬢。
エイドリアン・アディ……セント・アディントン子爵。
アダム・アディ……エイドリアンの従兄弟。
ジェシカ・ウィンドミア……ルードミラの妹。
ミルドレッド・アービントン……ルードミラの母方の大おば。
アネスティナ・クレメンス……ルードミラの父方のおば。レディ・ラザフォード。
マシュー・フレデリックス……エイドリアンの友人。ハムチェスター伯爵令息。
シンシア・ヴァンヒール……マクレスフィールド公爵令嬢。
エウスタキオ・スティルトン……上流階級の紳士。
アシュモア公爵夫人……社交界の重鎮。

1

きわめつきの未婚女性と自他ともに認めるレディ・ルードミラ・マリー・ウィンドミアに素敵な秘密があることをだれも知らない。

文通でやり取りしているだれかさんが彼女の親友であることを。

そして、その親友が男性であることを。

ルードミラ、すなわちルーはその彼が紳士であると信じているが、絶対にたしかとは言い切れない。なぜなら一度も会ったことがなく、正式な名前も知らないからだ。さらに言えば、ルー自身も本名を告げていない。それによって、ふたりの文通が終わるかもしれないと恐れたからだ。

それなりのレディならだれでも、知り合いでもない男性との文通が極めてはしたないことと知っている。

適切でない。

礼儀にかなっていない。

とにかく、やってはいけない。

それなのに、礼節と善行の模範と自他ともに認めるレディ・ルードミラは、ほんのわずかも気にしなかった。

自分の部屋に行くのも待たずに封を切る。階段をのぼりながら読み、そのあとは廊下を歩きながら読み続けて、思わず笑いだした。それからあわてて手で口をふさいだ。ここバースのミルドレッド大おばの家では、声をあげて笑えば眉をひそめられる。階段を駆けあがるのもだめ。静かに歩かねばならない。上のほうの階段がきしまないように、つま先で歩くことが推奨される。扉は決してばたんと閉めない。大声を出さない。そして、決して笑い声を立てない。なぜなら、そうしたことすべてがミルドレッドの片頭痛を悪化させるからだ。どんな状況であれ、あえてそうしたい人はひとりもいない。

ルーは彼からの手紙のことを大おばに内緒にしていた。執事のヒックスを説得し、手紙が届くと、ミルドレッド大おばがそばにいない時に直接渡してもらっていた。

それでもごくたまに、口元に浮かぶ笑みをこらえ、瞳に星をきらめかせて、手紙をそっと胸に押し当てずにはいられない。大おばとの生活に耐えられるのは、ひとえに機知に富み、魅力にあふれ、親切で、しかも彼女を理解してくれるこの手紙のおかげだ。この書簡による友情が、彼女の生活に色彩と刺激を与えてくれた。彼からの手紙だけを生きがいにルーは生きていた。


それは誤解から始まった。

三年前、ルーはロンドンのブルトンストリートに住む幼なじみ、ミス・スーザン・ミルズバリーに一通の手紙を書いた。最近結婚したと知ったからだった。お祝いの言葉をしたためたあと、話題を変えて、スーザンと分かち合った幼少期の奇妙な思い出について書き綴った。サルが登場する話だった。そして、バースの新しい住所に返信をくれるように書き添えた。スーザンは昔からの友だちだったから、きわめて略式に、ただ〝ルー〟と署名しただけで投函した。

二週間後、知らない人物から返事が届いた。美しい筆跡だった。宛先は、名前を引用符で囲んだマダム・〝ルー〟となっていた。賢いヒックスがこの宛先を解読し、レディ・ルードミラ宛と判断して、ある朝の食卓に、銀の小盆に載せておいてくれたのだった。

ルーはそれを手に取り、ひっくり返して封蠟――〝A〟ひと文字だけの印で、周囲にカラーの花が一輪だけあしらわれている――を調べ、それから興味を惹かれながら封を破いた。

親愛なるマダム・〝ルー〟

お詫びをせねばなりません。積まれた書簡の一番上に載っていたあなたの（とてもおもしろい）手紙を間違えて開封し、読んでしまったことを。あなたのご友人のスーザンは、この家の前の居住者だったようです。現在この家に、スーザンという名前の方はおられません。

敬具

（読みにくい走り書きでおそらく）アディ

追伸　あなたが木の上から救出したあとに逃げだしたサルがその後どうなったのか、知りたくてうずうずしています。好奇心のせいで死にそうです。そのサルはいまもあなたと一緒にいるのですか？　わたしもサルを飼いたいです！

ちょうどブリオッシュをかじった時にそのくだりを読んだルーは、思わず笑いだして喉を詰まらせ、危うくテーブルじゅうにパン屑を撒き散らしそうになった。大おばが顔をあげ、その苦痛に満ちた悲しげな表情を目にしたとたん、ルーの唇から出かかっていた笑い声は瞬時に息絶えた。

「ごめんなさい、おばさま。パン屑が気管に入ってしまって」

「わたくしの大おじバーソロミューが亡くなった原因はパン屑でした。気管に詰まって完全にふさいでしまったのですよ。いくらあえいでも息が吸いこめない。窒息ですよ。最後の息を吐いて、息絶えました」大おばはため息をつき、悲惨な表情で天井を見あげた。

「でも、おばさま、窒息して息を吸えなかったら、最後の息を吐くこともできないのでは？」つねに理性的なルーは指摘した。

「わたくしのかわいいルードミラ、わたくしが言いたいのは、大おじがそんな恐ろしい死に方をしたのは、食べている時に笑ったからだということです。天然痘で亡くなったわけではありませんからね。彼の姉と違って」

「なんて恐ろしいんでしょう」ルーはすっかり食欲をなくして、バターナイフを置いた。眉をひそめたのは、膝の上の手紙が気になっていたからだ。

「あなたの目は悪くなっているようね、ルードミラ」それを見て大おばが言う。

「眼科医に診てもらう必要があるのでは？」

「いいえ、おばさま。眼鏡をかけるのを忘れただけですわ」

「大事を取って、なんにでも効くと名高いあのドクター・ロズリーの万能秘薬《エリクシル》を忘れずに飲みなさい」

「ドクター・ロズリーの薬を飲むだけで、どうして視力がよくなるんですか？」

ルーは聞かずにはいられなかった。

「ついでに目にも一滴さしておけばいいわ。さて」大おばはルーを追い払うように手を振った。「また片頭痛がぶり返しましたよ。わたくしは横になりますからね」

大おばがまだ起きたばかりということを、ルーは指摘しなかった。ひと言断って席を立ち、自室に戻る。そして机に向かって坐ると、すぐに返事を書き始めた。

親愛なるミス・アディ

まあ、大変！　そんな、サルのようなつまらないことで、あなたが死んでしまったら困ります！　友人のスーザンがもうそちらに住んでいないとは思ってもみませんでした。賃貸契約が終了して、ヨーク州に戻ることを知らせてくれないなんて、なんて困った友人でしょう。あのサルは、たぶん旅芝居の一座から逃げだしたものと思われますが、不思議なほどわたしになついたんです。とくに、ボンボンを与えてからは。タイムズ紙に迷子の告知を出し、三日後にジョリファス一座が連絡してきました。一番難しかったのはサルの気持ちをわたしから元の飼い主に戻すこと。うちのカーテンに登ってしまい、おりてくることを拒んだわ。

お皿に山盛りのボンボンをもってしても、なだめておりてこさせるのに三時間もかかりました。しかも、かわいそうにそのあと、わたしの父のペルシャ絨毯の上にひどく吐いてしまったの。この教訓は、知らない動物を家に連れてきて、ボンボンを与えてはいけないということ。かわいそうなあの子にレナルダという名前をつけたのもいけなかったかもしれません。

レディ・ルー

通常ルーは手紙に〝レディ・ルードミラ・ウィンドミア〟と署名し、美しい封蠟で封をする。しかし、〝ルー〟まで書いたところで、大おばの小間使いがルーの部屋に飛びこんできた。大至急奥方さまのところに来てほしいと言う。痛みがひどいので、いますぐとのこと。引きだしにしまっているドクター・グラハムの気つけ薬をほしがっていると言われ、ルーは署名を中断した。そして、大おばの部屋に急ぐ途中に出会ったヒックスの手にその手紙を押しつけ、投函を依頼した。

「どなた宛ての住所をお書きすればよろしいでしょうか？」

「ロンドン、メイフェア、ブルトンストリート、ミス・アディ宛てにお願いします」

「ルードミラ！」大おばの部屋から、うめき声が聞こえてきた。

「いま行きます、おばさま！」ルーは気つけ薬を手に大おばの部屋に入っていった。

驚いたことに、ミス・アディはすぐに返事をよこした。

親愛なるレディ・〝ルー〟（これはどういう由来の名前ですか？　ルードウィガの略？）

サルのレナルダの詳細に思わず笑ってしまいました。ボンボン？　なんと！　サルは、リンゴやナッツのほうがもっとうまく手なづけられるのでは？　とはいえ、考えてみれば、自分はサルについてなにを知っているでしょう？　ボンボンが一番よかったのかもしれませんね。（実を言えば、わたしもいま、ボンボンが食べたくて仕方がありません。甘いもののなかでも、とくに好きな菓子のひとつです）

当ててみましょうか？　あしたの朝、ふたたび街中でくたびれきった腹ぺこザルに出くわしたら、あなたはきっとまた受け入れるでしょう。そしてボンボンをやるでしょう。どうやら、あなたはまさにそういう若き乙女に違いありません。

あなたのしもべ　アディ（ボンボンを探しに行くところ）

追伸、ああ、わたしの騎士道精神が、白状するべきだと告げています。わたしはミスでもマダムでもないということを。

ルーは即座にこの文通を中止するべきだった。男性、しかも見知らぬ人、さらに言えば、フルネームでなく名前だけで署名する人と手紙のやり取りを楽しむのは、決してやってはいけないこと。一般的でない！　でも、ルーは疑問をそのままにしておくことができなかった。もしも彼がフルネームを明かさないなら、自分も同様にすればいいことだ。

親愛なるミスター・〝アディ〟
　わたしも自分の名前をあなたに告げないことにするわ。もともとあまり好きな名前ではないので、〝ルー〟だけにします。それに、あなたが正式な名前を明かさないのならば、わたしも明かす必要ありませんものね。そしてもうひとつ、あなたを幻滅させてあげましょう。わたしは若き乙女ではありません。それより、あなたはなぜ知っているの？　わたしが街中で雑種犬を保護したことを。小さくて惨めで、死にそうな様子だったんです。でも、あなたはわたしを誤解しています！　もちろん、実際にボンボンを与えたわけではなく（与えようとしたら、ふんと鼻であしらわれたので）、皿にミルクを入れてやりました（ウィルトン織りの絨毯にぶちまけられましたけど）。そして回復してくると、ソファの脚をかじり、大声で吠えました。犬ならば自然な行動でしょうけれど、その子の声は不自然なほど高くて、そのせいで、この家の住人たちが片頭痛を起こしてしまったの。だから、手放さないわけにいきませんでした。残念だわ、飼っていたら、コリオレーナス（シェイクスピアの悲劇の主人公、紀元前五世紀のローマの伝説の将軍）と名づけたでしょうから。

ルー

追伸、ボンボンはいかがでしたか？　わたし自身は甘いものをそんなに好きなわけではありません。むしろ美味しい食事のほうがいいわ。

もっとも親愛なる——若き乙女ではない——ルーシアーナへ（本当の名前を知らないのでこう呼びましょう）

あなたのやり方は公平とは言えない。わたしは自分の名前をあなたに告げたのに、あなたの名前はただ推測しなさいと？　コリオレーナスは犬にはとてもいい名前だ。わたしが飼っている犬の名前はマクベスです。ブラッドハウンドですが、とても優しい子で、忠実な友です。あなたもきっと彼をたまらなく好きになって、ボンボンをやるかも……

ふたりの気軽なやり取りがあまりに楽しかったせいで、ルーはどうしてもやめられなかった。三年間と何百通もの手紙ののちも、ルーは相変わらず、すでに親友となっていた〝アディ〟宛に手紙を書いていた。彼のことをどちらかと言えば好き──好き以上、とても好き──で、実際、彼のことを思うたびに、心臓がなにかにぎゅっと引っ張られるように痛んだが、ルーはその事実をあえて認めようとしなかった。ふたりは本について語り（アディは驚くほど、つまり、ほぼルーと同じくらいたくさん読んでいた）、犬や馬やサルやそのほかさまざまな動物について、そして、そうそう、劇場！　劇のことも余すところなく語り合った。かつて劇場に行くことが大好きだったルーは、ロンドンで上演される劇やオペラをすべて観ているアディが羨ましかった。

いつもはだれに対しても内気で用心深いルーが、彼には自分の人生のあらゆることを打ち明けた。自分が育ったウィッスルソープパークにおける以前の生活についても。父が亡くなって、バースのミルドレッド大おばの家に引っ越すまでのことだ。彼はルーのすべてを、田舎に小さな家を購入し、社交界に煩わされずに、ひとりで静かに平和に暮らすのが夢であることまで知っていた。ただひとつ打ち明けなかったのは名前だけだった。それによって魔法が解けてしまうことを恐れたからだ。ウィンドミア家の人間と知ったうえで、彼女の実際の姿は地味すぎてだれからも注目も期待もされず、読むこと（そして手紙を書くこと）以外にとりたてて才能もない独身女性とわかったら、彼もほかの男たちと同じくルーのことをざっと眺めて一瞬仮面のような丁重な表情を浮かべ、それから彼女のもっとずっと魅力的な血縁に視線を移すだろう。

そんなことになるならば、死んだほうがまし。

ああ、悲しいかな、ルーは誉れ高きウィンドミアの美しさを受け継いでいない。大家族で、その全員が例外なく驚くほどハンサムで美しいという一族に生まれたのが不運だった。男たちは長身で顎がくぼみ、クリ色の豊かな髪と広い胸とがっしりした体軀の持ち主、一方女たちも背が高く金髪で、豊満な胸と磁器のように透き通った肌を持ち、えくぼが愛らしい英国的な美人ばかりだ。

彼女を除いては。

ルーは家族の中でただひとりの異分子だった。貧弱な体つきで背は低く胸も平ら、瞳は茶色で鼻が丸い。しかも、それでは足りないかのように、そばかすまである。肌はつややかだが、茶系やオリーブ色、カーキ色の服ばかり着ているせいで血色が悪く見えがちだ。髪は黒くてまっすぐ、どんなに頑張っても巻き毛になってくれない。それについては、どうしようもないことだけど。華やかな妹が、戸口から入ったとたんに部屋中の注目を集める一方、ルーは最新の理想美とは真反対の特徴ばかり持っている。

そして、だれの目にも止まらない。

美しい人々に囲まれているからこそ、彼女がどんなふうに見えるかを知らない、あるいは気にしていない知り合いがいるのは新鮮な感覚だ。

アディはルーの知性を認めている。機知とユーモアの心も。

アディは、ルーの人となりを好いてくれる。

アディはルーを容赦なくからかう。これまでからかわれたことなどなかった。とくに男の人になんて！　でも、いまは、アディのからかいのひとつひとつを楽しんでいる。彼はルーの正式名として考え得るあらゆる名前でルーを呼ぶ。ルシンダ、ルイーザ、ルドウィナ、ルイトガード。そのことも、ルーはとても好きだった。これまでのところ、彼は正しい名前を言い当てていない。なんて不適切で楽しいことだろう！

2

「ルーーードミラ！」

廊下に響き渡るミルドレッドの悲痛な呼び声に一歩遅れて、悲しげな表情を浮かべたヒックスが部屋に入ってきた。「奥方さまがお呼びです、お嬢さま」

ルーはペンを置いた。「聞こえたわ。片頭痛がまたひどくなったのかしら？」窓のほうをちらりと眺め、焦げ茶色の錦織のどっしりしたカーテンが脇に引かれて、日中の光が居間に流れこんでいるのを確認する。この家のほかの窓は地下室から屋根裏部屋まですべてしっかりと閉じられ、重たい暗色のカーテンに覆われている。ミルドレッドが自分の頭痛はしつこい陽光によるものと信じ、すべてのカーテンを閉じておくように家人に命じたからだ。ルーだけがカーテンを開け続けており、従って片頭痛の悪化はルーのせいということになる。

「いいえ、片頭痛は奇跡的に治ったようです」

「まあ、そうなのね、ヒックス？」ルーは思わずおもしろがっている表情を浮かべ、ヒックスを見やった。「では、今度はなんなの？」

「腱膜瘤《けんまくりゅう》（足の親指の第一関節周辺の炎症）だそうです、お嬢さま」ヒックスは主人の新しい病気にも眉毛ひとつ動かさなかった。

「あらまあ」ルーは立ちあがった。「でも、腱膜瘤くらいでよかったわ！」

ミルドレッド大おばは、午前中だけでもさまざまな症状に襲われる。潰瘍《かいよう》、心臓疾患、腺病、猩紅熱《しょうこうねつ》、疫病。大変なのは、新しい症状が出るたび、アレン医師を呼びつけないように大おばを説得することだ。「お医者さまはまだ呼んでいないのね？」

「はい、まだです」

「では、熱いお湯を入れた洗面器とタオルをたくさん、そしてドクター・ロズリーの秘薬を持ってくるように、メアリーに言ってくださいな」

「秘薬ですか、お嬢さま？」ヒックスの顔に隠しおおせない疑念が浮かぶ。

ルーはため息をついた。「腱膜瘤を治すためには、水になにか入れなければならないわ。あの万能薬を数滴入れておけばいいでしょう。あの薬が万能だとおばさまは信じているのだから」ルーは考えた。「腱膜瘤を切除しないなら、それしかないわ。おばさまは切除を承諾しないでしょう」

「そのように存じます、お嬢さま」

大おばの部屋に向かって歩きだす前に、ルーは声をひそめてヒックスに訊ねた。

「手紙は届いたかしら?」

ヒックスはすぐに理解した。「いいえ。でも、妹さまからの手紙は届いております」

ルーは驚いて眉をひそめた。「ジェシカから? なにか起きたのでないといいけれど」ジェシカは手紙を書くのが嫌いだ。ルーが購入したものの一度も使っていない真新しい一巻きの綿レースとか、母の真珠の首飾りとか、なにかを欲しい時しか書いてこない。綿レースを妹に送るのはかまわないが、母の真珠の首飾りを手放すつもりはない。母が亡くなる前に直接ルーにくれたもので、母の唯一の形見だ。この首飾りをめぐってジェシカと激しく争い、それ以降ジェシカは一行の手紙も寄こしていない。いまになってなぜ書いてきたのか、ルーは不思議に思った。

「奥方さまから、手紙は居間に置くように言われております。先に奥さまのほうに来るようにと」

ルーは眉をひそめ、一階におりていった。

暗い部屋に入ると、緑色のソファに横になっている大おばの姿がぼんやり見えた。目の上に濡らしたタオルを当て、枕に素足を載せている。

「ルードミラ、あなたなの？」大おばの声は弱々しく悲しげだった。

「はい、おばさま。大丈夫ですか？」

「ああ！　この痛みが！」大おばがうめく。

たしかに、両脚がむくみ、足の両側に突きだした骨の部分も赤くなっている。

「エラがマッサージをしようとしてくれたのだけど、強く押しすぎるのよ」大おばが不満を述べる。「あなたにしてほしいわ。あなたの指は優しくて柔らかいから」

大おばの白く粉を吹いた臭い足をマッサージすることを考え、ルーは顔をしかめた。

「エラはどこですか？」ルーは自分の小間使いを探してあたりを見まわした。

「薬屋に行かせたんですよ。グラハム・ジェームズの丸薬は、除去効果があると聞いたのでね。あと、アヘンチンキもちょうど切らしたから」下男を行かせるべきだが、ミルドレッドは自分の気まぐれをなんでも自分の使用人に押しつける傾向がある。一度など、自分が編んで、籠にいっぱいになっていた毛糸のショールを、二時間かけて、ヒックスにほどかせたこともある。その時は、ミルドレッドの前に立ったヒックスが両手のあいだに毛糸をかけ、それをエラが毛糸玉ふたつに巻いた。そのあいだずっとミルドレッドはふたりの隣に立って、毛糸の色について文句を言っていた。

ルーは眉をひそめた。「アヘンチンキの飲み過ぎがよくないことはご存じでしょう？　腫れが引くように、足湯にあの秘薬を入れるようメアリーに言いつけておきました」

「あなたは優しい子だねえ」大おばが弱々しく言う。「あなたがいなかったら、わたくしはなにもできないわ」

大おばはアヘンチンキをあまりに多く服用し過ぎていた。想像上にしろなんにしろ、自分がかかったと信じる病の治療すべてをこの薬に依存している。しかし、服用直後の活力爆発が過ぎた途端、必ずだるくなり、気持ちも沈んでしまう。

メアリーがお湯を入れた洗面器を持って入ってきたので、ルーは大おばが身を起こし、両足を洗面器に浸すのを手伝った。

「ああ」ミルドレッドが後ろにもたれ、両目を閉じた。

ルーは坐って膝にタオルを敷き、大おばの片方の足をそこに載せて拭いてから、優しく揉みほぐした。

ミルドレッドがうめき声をあげる。

「大丈夫、大丈夫。すぐに楽になりますよ」

大おばは満足そうなうなり声を漏らすと、ありがたいことに静かになった。眠ったのかもしれないとルーは期待した。大おばの隣のテーブルに手紙が二通載っている。片方の宛先は力強い筆跡でレディ・ミルドレッド・アービントンと書かれ、もう一通は妹からで、ルー宛だった。ルーはその封筒を取りあげ、胴衣の中に滑りこませた。

大おばの両足のマッサージを終え、クリームを塗ると、ルーは訊ねた。「手紙を読んでさしあげましょうか、おばさま？」

「いいえ。あとで読むわ。でも、両眼がとても痛むのよ。眼病が悪くなって、失明してしまったらどうしましょう？」

「では、なおさら読みましょう。そうすれば、目を酷使しなくて済むでしょう？」

「いいでしょう」大おばがうめきながら黙諾した。「また片頭痛が再発したみたいですけど」

ルーはカーテンを開けようと窓辺に向かった。

「開けなければならないの？」大おばが光を遮ろうと枕を少し移動させながら泣きごとを言う。「頭の中をがんがん打つ音がますますひどくなる」

「ごめんなさい、おばさま。でも、手紙を読むためには多少光が必要ですから。それとも、ろうそくを灯したほうがいいですか？」もうそろそろ昼で、外では太陽がさんさんと照っている。「でも、蜜蠟の無駄使いになりますけれど」

「いいでしょう。カーテンを開けてもいいけれど、ほんの少しだけ。陽光がわたくしの顔に当たらないように気をつけてちょうだい」

ルーはカーテンを少しだけ横に引き、庭にあこがれのまなざしを向けた。空気の澄んだうららかな春の日だったから、いまもウィッスルソープパークの家に住んでいたら、朝は散歩に費やして、公園の美しい風景を楽しんでいただろう。ほかにもバラ園で庭仕事をしたり、迷路の中に坐って手紙を読んだりするだろう。こんなかび臭い霊廟の中に軟禁されているのではなく。でも、ウィッスルソープパークはもうルーの家ではない。父、アンバーリー公爵が亡くなり、爵位と地所が従兄弟のヘクター、すなわち父の弟の息子、現在の公爵に渡って以降、わが家ではなくなった。新公爵は彼の呼ぶところの〝行き遅れ独身女性《スピンスター》〟ふたりが彼の屋敷、これまでルーたちの家だった屋敷に留まることを望まなかった。だから、ルーはバースで暮らす大おばミルドレッドの元に身を寄せ、一方妹のジェシカはロンドンのアネスティナおばと一緒に暮らすことになった。

「わたしは行き遅れ独身女性なんかじゃないわ！」ジェシカはその決めつけに真剣

に怒った。「まだ十八歳にもなっていないし、すぐに結婚してみせるから。いまに見ていなさい」

ルーはただため息をついただけだ。ロンドンでアネスティナおばと暮らすジェシカがよりよいくじを引いたかどうかについては、議論の余地があるかもしれない。たしかに社交シーズンが身近にある。だが、ルーにとって、それはどうでもよかった。ロンドンを嫌っていたし、社交シーズンと結婚市場を嫌悪していた。いっさい関わりたくなかった。

ルーは田舎の小さな一軒家で暮らすことができればと願っていた。何羽かのニワトリを世話し、刺繍と読書にいそしみ、アディに手紙を書く。

それか、ウィッスルソープパークに戻ること。でも、そちらは永遠に実現しないとわかっている。

ルーは胸を刺すような郷愁の思いを抑えつけ、手紙を取った。

「アネスティナおばさまからだわ」ルーは読み始めた。「親愛なるミルドレッド、この手紙が届いた時、あなたがお元気であることを願っています。さてご存じのとおり、わたくしは、ルードミラの妹ジェシカがロンドンの社交シーズンで成功する支援をしています。もしもルードミラもロンドンのわたくしたちの元に来てくれれば、娘たちふたりにとって多大な強みになるでしょう。ジェシカにはお仲間が必要だし、ルードミラはもちろん、いくらか洗練する必要が――」ルードミラは言葉を呑みこんだ。

「なんですって？　もごもご言わないでちょうだい」大おばが文句を言う。「ひと言も理解できなかったから、もう一度読んでくれなければ。わたくしの耳がなにか具合が悪いのかもしれないわね？　もしかしたら、耳がはやり病にかかったのかしら？」

ルーはため息をつき、手紙を再読した。「田舎臭い行儀作法を洗練させる必要があります。都会のやり方を身につけるのはよいことでしょう。それに、これについては、あなたも同意見と確信していますが、あの子にも夫を見つける頃合いです」

ルーは最後の文言に思わず咳きこんだ。

ミルドレッドが額にタオルを載せたまま身を起こした。「ルードミラがロンドンに行ってしまう？　結婚してしまう？　まあ、なぜそんなことができるの？」

ルーは乾いた笑い声を漏らした。「まったく同感です。おかしいですよね。結婚するには年を取り過ぎていますもの」アネスティナがそこまで楽観的なのがむしろおもしろい。ルーは行き遅れた独身女性で、もうすぐ三十歳、しかも、男性から注目される容姿でもない。

　そのうえ、前回ロンドンで過ごした期間は、大惨事によって、胸が張り裂けるような思いと涙で終わった。ルーは身を震わせた。あの経験を繰り返さないと誓った。二度と繰り返さないと。

「こんなに具合の悪いわたくしを、どうしてひとりで置いていけるの？」ミルドレッドが頭を激しく振る。「だめ、だめ、だめ、だめ。絶対にだめ。受け入れられないわ。あなたはここにいるのよ。アネスティナはジェシカのためにほかの同伴者を見つけなければね。ロンドンなら、その役割を担うことができる女性はいくらでもいるでしょう。わたくしはあなたがいなくては絶対にやっていかれません。すぐにアネスティナに手紙を書いて、彼女の考えはばかげていると言いましょう」

「それがいいですわ、おばさま」どちらにしろ、ロンドンに友人がいるわけでもない。ルーをなつかしんだり、話したいと思ったりしている人もいない。舞踏会はどれも同じ。いくつも参加した結果として、もう一度参加したい気持ちはほんのわずかもない。ヴォクソールは、夜空に打ち上がる花火が美しいので例外だけれど。それとオペラ。オペラは行けなくて残念に感じている。バースの王立劇場はよい評判を得ているが、コヴェントガーデンのオペラはまったくの別世界だ。毎週土曜の夜に父とオペラに行くのが大好きだった。ルーと同じくらい、父もオペラに夢中だったからだ。最後に劇場を訪れてからずいぶん経った。たった一日の午後だけでも、ミルドレッド大おばとその病気から逃げだすことができたら……ルーはため息をついた。

でも、自分はロンドンが嫌いと決断したんでしょう？　バースにいるほうが幸せ。それは明らかだ。

「それに、ロンドンの空気は有毒で健康によくないと聞いたわ。肺の病気にかかりますよ、わたくしがそう言ったことを覚えておいてちょうだい」

「はい、おばさま」ルーは濡れタオルをたたんで握りしめた。

間違いない。間違いなく、バースに留まったほうがいい。

ロンドンに、ルーの望むものはなにもない。

3

一週間後、事態は驚きの展開を迎えた。

ミルドレッドはすでにルーに代わり、ノー〟を強調した断固たる返事を出していた。ルーの良心がわずかでもうずくとすれば、それはジェシカのことだった。

ジェシカは感じのよい手紙を寄こしていた。『わたしが甘やかされた子どものように振る舞ったことを許してくださっていることを願います。ロンドンに滞在することで、わたしを許していると示してくださいな。アネスティナおばさまのお考えはすばらしいと思わない？　あなたがいらして、ロンドンを案内できるのを楽しみにしています』

ルーはジェシカの手紙に安堵し、幸せな気持ちになった。そして、二時間近くかけて、許してはいるけれどロンドンに行けない理由についての返事を書いた。

その手紙の返事は来なかった。

そして数日後、ヒックスが悲しげな顔で取り次いだのだった。「レディ・ラザフォード及びレディ・ジェシカ・ウィンドミアがいらっしゃいました」

ルーが刺繍を落とし、ミルドレッドはまぶたにタオルを載せたまま、ソファで身を起こしてまっすぐ坐り直した瞬間、アネスティナがジェシカを後に従えて滑るように部屋に入ってきた。

「おばさま！　ジェシカ！」ルーは気づくとアネスティナのたっぷりした胸に押しつぶされ、そのあとはジェシカの喜びあふれた抱擁を受けていた。

「ああ、ルー！　ルー！　あなたに会えてほんとに幸せ！」ジェシカは鮮やかなピンク色のドレスを着て、ドレスと揃いの帽子をかぶっていた。頬はバラ色で目はきらきら輝いている。胸のきゅんという痛みとともに、ルーは幼かった妹が美しく若いレディに成長したことを理解したのだった。

「ジェシカ！　あなたが来るなんて思いもしなかったわ！」ふたつの抱擁の合間にルーはなんとか言った。

「いったいなにが起こったの？　なにも見えないのよ」ミルドレッドが悲鳴にも似た声で言う。

「頭から布を取りなさいな、ミルドレッド」アネスティナが指二本でミルドレッドの額からタオルをつまみ、テーブルの上に落とした。

ミルドレッドが驚いて目をぱちぱちさせた。「アネスティナ？　なんということでしょう。あなたなのね！」

レディ・ラザフォード、アネスティナ・クレメンスはミルドレッドと血がつながっているわけではない。ミルドレッドはルーの母親のおばであり、アネスティナはルーの父親の姉だが、同年代のせいか、下の名前で親しく呼び合っている。アネスティナは、生まれながらのウィンドミアであり、死ぬまでそのままだろう。しかも、その事実を人々に忘れさせない。

アネスティナは片手を当ててルーの顎を上向きに持ちあげた。「たまたまバースに来たので、寄ってみたんですよ。あなた、痩せて顔色も悪く見えるけれど。ちゃんと食べている？」

「はい、食べています、おばさま」

「ふん。この暗闇でなにも見えないわ」アネスティナは窓辺に行き、カーテンを脇に引っ張った。窓を通して陽光が流れこみ、オーク材の家具でしつらえた朝の部屋の全貌をあらわにする。

「あなたが来るなんて思っていませんでしたよ」ミルドレッドが目を細め、光線から目を守ろうと片手をあげた。

「ええ、もちろん思っていなかったでしょう」アネスティナが手袋の指を一本ずつ引っ張った。「通風の具合はいかが？　それとも浮腫だったかしら？　覚えていられないわ」

「腱膜瘤ですわ」ルーはつぶやいた。

「浮腫ですって？」ミルドレッドが、その病気についてまったく忘れていたかのように、目をぱちくりさせた。「むしろ、消化不良ですよ、わたくしを苦しめているのは。でも、ここに来てちゃんと見れば、浮腫も残っているはずですよ。こんなに明るくする必要があるの？　目が痛むんだけど」

「ばかばかしい」アネスティナはカーテンをさらに開けた。「この場所は洞窟のように暗いじゃないの。どうすれば耐えられるのかしら？　あなたの病気は、こんな暗いところで一日中なにもしないで寝ているせいじゃないかしらね。やることがなにもなかったら、だれでも病気になりますよ」アネスティナは決して遠回しに言わない。

「やめてちょうだい、アネスティナ」ミルドレッドが不機嫌な口調で答えた。「だれもが、あなたのように頑丈で健康な体に恵まれているわけじゃありませんからね。あなたは馬のように健康そうだわ」

「そうよ、この前いつ病気になったかも思いだせないもの。でも、そんなことはどうでもいいわ。わたしたちはロンドンからはるばる、ルードミラを迎えに来たのだから」

「それはご親切に、おばさま。でも、ミルドレッドおばさまがここでわたしを必要とされているので」ルーは胸の前で両手を握りしめた。

「本当に必要なんですよ」ミルドレッドが鼻をすする。「ロンドンからはるばる来たのに残念だけど、ご覧のとおり、ルードミラはここでとても必要とされているのよ」

アネスティィナがツッツッと舌打ちした。「なにをするために？　あなたが使う気つけ薬を取ってくるため？　そのために小間使いがいるんじゃないの」アネスティナはルーをつくづく眺めた。「いいえ、ルーはわたくしたちと一緒にロンドンに来て今シーズンを過ごすのが最善ですよ。時期的には、もうとっくにそうすべきだったのだから。実際、最初からわたしたちと一緒に来るように言い張らなかったのを後悔しているんです。姉妹ふたりは一緒にいるべきだし、話し相手がいるのは、ジェシカにとってもよいことよ」

ジェシカがルーを脇に連れていった。「わたしたち、一緒に舞踏会とかに行くのよ。わたしは宮廷で拝謁することになっているの。ああ、絶対に来てちょうだい、ルー！　どうしても、あなたにこの機会を逃してほしくないのよ」

ルーは背筋に汗が伝うのを感じた。「でも、わたしは以前に社交シーズンを経験しているわ。忘れているかもしれないけれど、成功しなかったのよ」

「事実を直視すべきですよ。ルーは結婚するには、年を取り過ぎています」ミルドレッドから残酷な言葉が飛んでくる。

「お忘れかもしれないけれど、ミルドレッド、あなたが結婚したのも遅かったでしょ。何歳だったかしら？　四十歳？　五十歳？」アネスティナが片眉を持ちあげて訊ねる。

「四十二歳でした。でも、それは同じとは言えないわ。ジョンはそれより何年も前からわたくしに求婚していたのですから」

「ルーはまだ三十歳にもなっていませんよ。はっきり言って、希望は充分あるわ」アネスティナが言う。

ルーはうんざりして両目をこすった。「お願いです、おばさま。よかれと思ってくださっていることは分かっていますが、ミルドレッドおばさまが正しいわ。わたしの結婚適齢期はずっと前に過ぎています。シーズンもまったく不毛な経験で、かつ莫大なお金の浪費でした」

「ばかばかしい。わたくしの前でお金の話はしないこと。はしたない。いいこと、わたくしたちウィンドミアの女性は独身のまま生涯を終えるべきじゃありません。この家系の始まりから、未婚で生涯を終えた女性はただのひとりもいませんよ。みな既婚者、それが事実なの。なんとしてでも、あなたが結婚するのを見届けますからね」アネスティナは部屋を見まわした。「この家では、お茶をいただけるのかしら？　アヘンチンキやほかの気つけ薬を入れないものが望ましいけれど」

「もちろんですわ、おばさま」ルーは呼び鈴を鳴らしながら、アネスティナおばは、多少誇大妄想の気があるのでないかと思った。この家系の始まりから、ウィンドミア家に未婚の女性がいなかったなんて、冗談でしょう？

それぞれにショートブレッドを添えたお茶が配られると、アネスティナとミルドレッドはまた言い争いを続行した。

ジェシカがルーの両手をぎゅっと握りしめた。「わたしに残された本当の家族はあなただけ」ルーの耳元でささやく。「アネスティナおばさまは親切でなにもかもしてくださるけれど、時々仲間が欲しくてたまらなくなるの。あなたが恋しくてたまらない。お父さまとお母さまが生きていて、ウィッスルソープパークで一緒に暮らしていた時にどんなだったか覚えているただひとりの人ですもの。いまは、従兄弟のヘクターが新公爵として住んでいるから、前とは全然違うでしょう？　時々家が懐かしくて悲しくなるわ」

ルーは妹の手を握り返した。彼女もまた郷愁の思いは痛いほど理解していた。姉妹は両親を立て続けに失った。ジェシカは正しい。ルーが手放してしまったこの妹は唯一生存している家族であり、だからこそ、自分はミルドレッドよりも妹により多くの忠誠と義務を担っている。

でも問題は社交シーズン。舞踏会。屈辱。考えただけで気持ちが沈んだ。あのすべてをまた繰り返すの？

とはいえ、あれはずっと前のことだ。ルーが初めての社交シーズンに参加した時、ジェシカはまだ子どもだった。それ以来とても長い年月が、橋の下を流れる水のように過ぎていった。おそらくロンドンでも、たくさんのことが様変わりしているに違いない。

「ただ、ロンドンがわたしに合うかどうか」ルーはお茶をゆっくり掻きまわし、茶碗からスプーンをあげて受け皿に注意深く置いた。

「それはつまり、あなたがロンドンに適応できるかどうかわからないってこと？　たしかに以前、いろいろ大変だったことはわかるし、それを思い起こすことで辛い気持ちになるなんて、わたしが一番望んでいないことよ。でも、戻ることで、その亡霊を少しでも脇に追いやることができるとは思わない？」

ルーは驚いて妹を見やった。甘やかされた愛らしい女の子というイメージの払拭を選択すれば、この子はこんなにも聡明になれるのだ。

「それに、もしもあなたが来てくれたら、アネスティナおばさまがわたしを――わたしたちを――もっと自由にさせてくれると思うのよ。いろいろできるわ。ヴォクソールで綱渡りをする人とか、サーカスで曲芸する人たちを見られるかも。それに、街には書店も貸本屋もたくさんあるのをご存じ？　たとえば、〈ミューズの神殿〉（フィンズベリースクエアにある書店兼貸本屋）とか」

その言葉がルーの関心を引いた。「〈ミューズの神殿〉？　あなたは行ったことがあるの？」

「いいえ、まだよ。おばさまが本を読むことにあまり関心がないんですもの。それこそ、わたしが強調したいことなの。あなたがいれば、一緒に出かけて、そうした場所を探求できるわ。もっとたくさんあるんだから！」

もちろんバースにも、貸本屋や書店はたくさんあるが、その蔵書はロンドンから取り寄せたものだ。ルーは下唇を噛んだ。心がそそられる。

「ねえ、来てちょうだい、ルー。お願い」ジェシカが握った腕を振った。「わたしにとっては、とてもありがたいことなの」

「もしも大おばさまがわたしを必要としていないならば――」ルーは言い始めたが、すぐにアネスティナに遮られた。

「もちろん、必要としていませんよ」

「もちろん、必要としていますよ！」ミルドレッドが叫ぶ。

ルーはどうしたらいいかわからず、ぼう然とひとりのおばからもうひとりのおばに視線を移した。

「もちろん、わたくしはあなたを必要です」ミルドレッドが繰り返し、片腕を目の上に載せ、大げさな様子で枕にもたれこんだ。「でも、わたくしはすでに負けていますね。抵抗するだけ無駄だわ。ルードミラ、ロンドンへ行きなさい、そして楽しみなさい。わたくしは自分ひとりで病気に立ち向かい、克服しますよ」

アネスティナが目をくるりとまわし、ジェシカが両手を叩いた。「おばさま、なんてすばらしいんでしょう！」

ルーは乾いた唇を舌で舐めた。指は刺繍を握りしめている。「わかりました」ジェシカのためにそうする。

ロンドンに行く。
ああ、どうしよう。

もっとも親愛なるアディへ
　思いも寄らぬことが起こったの！　わたしたちはロンドンに行きます。わたしたちは社交シーズンに出ます。ああ、なんて恐ろしい！
　それはもちろん、妹のジェシカが初めての社交シーズンを迎えるということ、そしてわたしは、おばの最後の、そして決死の試みにつき合うということ。つまり、わたしを、気楽に坐っていられる暗くて埃っぽい隅から引っ張りだすという試みです。ほんとお世話さまなこと。この事態から逃れる方法がどこかにないものかしら？　あなたはわたしが社交的なつき合いをどんなに嫌がっているかご存じですものね。実際、がたがた震えているところです。

かしこ
とても惨めな気分のルーより

もっとも親愛なる、がたがた震えているルーポルディーナそれはたしかに恐怖だ！　ぼくもあなたと一緒にがたがたしよう。この世で、悪名高き結婚市場と対峙するほど恐ろしいことはない。夫探しに懸命な乙女たちと、野心満々の母親たち。

ああ、それなのにあなたは、その仲間入りをしようというのですか？　決して出ていかなかったぼくのルーが？

ここは思案のしどころですね、親愛なるルー、暗くて埃っぽい売れ残りの棚から、思い切って出ていく決断をすべきかどうか？　そうなれば、ぼくはひなたであなたをお待ちしましょう。そしておそらく、一緒にハイドパークを歩けるかな？

ぜひあなたの滞在先を知らせてください、ぼくが訪ねていけるように。

きっと楽しいことでしょう。

つねにあなたのアディより

ルーはこの手紙に返事を出さなかった。よくわからない奇妙な感覚がぞくりと体を走ったからだ。この手紙はこれまでと違う。アディが初めて、実際に会うことを提案しただけではない。ほかにもなにかあるような気がする。棚から思い切って出ていったら、ひなたで待っているというのはどういう意味？　それに、なぜ〝ぼくのルー〟と書いたの？　奇妙なほど、とても……親密な感じ。なじみのない熱いなにかがルーの血管を駆けめぐった。それに、彼の署名。〝つねにあなたの〟という言葉に目が釘づけになった。こんなふうに署名してきたことはこれまでなかった。いつも、〝あなたのしもべ〟とか、〝友情をこめて〟とかだった。でも、〝つねにあなたの〟というのは……ルーは手紙を落とし、ため息をついて、夢見るまなざしで壁紙の一点を見つめた。

でも、なに？

わたしのアディに現実の世界で会う？　胃がひっくり返って三回転した。ルーは坐って手紙を書き、それをくしゃくしゃに丸め、もう一度書いた。そしてもう一度。ほどなく、床にくしゃくしゃに丸めた小さい紙の玉が散乱した。

親愛なるアディへ

わたしは怯えています。もしもあなたが、わたしが思っているような方でなかったら——

親愛なるアディへ

どうしてお会いすることができましょうか？　あなたは男性。しかも、あなたのお手紙から判断するに、世界を又に掛けて活躍する人。知的でウィットに富み、おそらくはとても魅力的な方。合っていますか？　わたしはたいして美しくもなく年齢ばかり重ねた独身女性です。未婚のレディで、自分が惹かれている気持ちに気がついて――

もっとも親愛なるアディへ

ついにお会いできるなんて、なんて素敵なことでしょう！　到着した週の水曜日はいかがで――

ルーはペンの先を噛んだ。ペンの羽根を全部抜いてしまって、新しいのを買わなければならなくなりそうだ。焦燥に駆られてペンを放り投げると、用紙全体にインクが飛び散った。

アディに会うことはできない。

永遠に。

できるはずがない。彼はまったく違うだれかを予期しているだろう。彼の目に失望が浮かぶのを見るのは耐えられない。ルーがだれであるかを、冴えない行き遅れの未婚女性であることを知った時に。実際、自分には差し出せるものがなにもない。才覚もなく、美貌もない。なにもなし。

いいえ、親愛なる友であり文通相手でいたほうが安全だ。遠距離だけの関係。

ルーは悲しい思いで目の前の紙を見つめた。

その間にも、ジェシカがふさわしい夫を見つけられるように、自分も全力を投入する必要がある。なぜならジェシカが結婚すれば、と自分に対して理由づけをする。しばらくの間ジェシカのところに身を寄せられるだろう。ミルドレッドの元を出て。そしてしばらくしたら、勇気を出して銀行の預金を引きだし、どこかの田舎で小さな家を買おう。ニワトリとヤギがいる家。

小屋の前のベンチに坐り、ヤギを見守りながら、引き続きアディへの手紙を書けるだろう。

ルーは頭を振り、ふんと鼻を鳴らした。

なんとばかげた考え。

もう夢を見るのはやめたほうがいい。

おそらく、アディに手紙を書くのもやめたほうがいい。
ああ、ルー自身の心がそれを許してくれればいいのだけれど。

4

ロンドン、ブルトンストリート四番地Bの屋敷で、ミスター・アダム・アディはコーヒーを脇に押しやった。卵とベーコンも食べたくない。「ジェームズ、ぼくに手紙が届いていないか?」執事に尋ねた。

「届いておりません、旦那さま」

「もう一度確認してくれないか?」彼はテーブルを指で叩いた。

セント・アディントン子爵はいぶかしげに従兄弟を見やった。「最近、いやに落ち着かない様子だな。なにかあったのか?」

アダムははじけるように立ちあがり、行ったり来たり歩いてからまた腰をおろして返事をした。「すまない、エイドリアン。手紙を待っているんだ。そのせいで最近少し神経質になっている」

「気づいていたよ。当ててみようか。女性だな?」子爵の目がおかしそうにきらめく。

「違うよ」アダムが言った。「まあたぶん」顔をしかめて唾を飲みこむ。「そうかな」

「まあ？　たぶん？　そうかな？　なるほど、結局どういう意味だ？」

「イエス、ということだと思う」

子爵が頭を振った。「どうかわかりやすく教えてくれ、従兄弟どの」

「結婚したいと思っているんだ」

「なんと！　驚いたな。突如足をすくわれたよ。束縛されたいのか？　本気なのか？」

アダムは片手で髪を掻きあげた。「人は、いつかは落ち着かなければならない。そう思わないか？　子ども部屋から始まって、ありとあらゆることが待っている」

「子ども部屋！　おいおい！」子爵がぞっとしたように身震いする。「ぼくたちはもはやその段階に来ているのか？」

アダムは反論した。「悪いことはなにもないだろう？　結局のところ、それはぼくたちの義務だ。そうじゃないか？　言わせてもらえば、きみの義務でもある。ただしきみは、とりわけ巧みにその義務を回避しているが。ぼくはそんなふうにはできない。実は、しばらく前から考えていたんだ。いい感じの女性がいたらと。気立てのよい素敵な女性を伴侶にして自分の家庭を持つ、人生において、それよりも素晴らしいことはないと思う」

おもしろがっているような皮肉めいた表情が子爵の顔をよぎった。「いい感じの女性。そこに難関がある。そんな神話に出てくるような女性が存在すると思うか？それとも、特定のだれかがいるのか？」

アダムはためらった。

「なるほど。問題の核心に指を触れたようだ。その女性はだれだ？　はっきり言えよ」

アダムの首元がみるみる赤くなった。頭を振る。「きみが思っているようなことではないんだ。それに、話すにはまだ早すぎる。熟す前に豆を振り落とすべきではないだろう？　しかも、きみがこのあと寝るまでぼくをばかにして、からかい続けるに違いないからね」

子爵の顔が真剣な表情に変わった。「もう少しぼくのことを理解していてほしいものだ。きみが決意したことはなんであろうと、ぼくは支援を惜しまない。結婚して子ども部屋を用意し始めることでさえも。支援に値する人間がこの世にいるとすれば、それはきみだから」

アダムの表情が和らいだ。「そうだな、きみが正しい。ぼくはだれよりもきみを信頼している、従兄弟よ。だが、求愛となると……ぼくはきみとまったく違うからね。女性と話すだけでも難しい。レディたちに囲まれた途端に恥ずかしい気持ちになる。だが、きみが必要とするのはただ、あの魅力的な笑みを引っ張りだして指をパチンと鳴らす、それだけで女性全員が卒倒して足元に倒れこむ。きみくらい女性にもてる男は、ロンドン広しと言えどもほかにはいない」

子爵は顔をしかめた。「きみの言い方だと、なぜか褒め言葉には聞こえない」

「すまない、エイドリアン。だが本当のことじゃないか？　女性に求愛することはきみにとってなんの問題でもない。きみと違って、ぼくは見かけを気にしない。求めているのは、心の正直なつながりだけだ。誠実なもの。永続するもの。ぼくに幸せをもたらしてくれるもの。そして、もしかしたら愛情も。そんな人を見つけるのはもっと難しい」

「同感だ」

アダムは驚いて従兄弟を眺めた。「そうなのか？」

「ああ、同感だ。ぼくはただ指を鳴らせばいい」子爵はそう言いながら指を鳴らした。「そうすれば、きみが言うように、女性たちは熱狂するあまりぼくの足元に倒れこむかもしれない。だが、寡婦やら愛人やら小娘やら、ありとあらゆるレディたちが両手に十人もぶらさがってみろ。どうしたらいいかわからないどころか、むしろうんざりする」彼は考えこんだ。「ピンク色のドレスを着たレディに求愛するか、それともモスグリーン色の女性？　決めるのが難しすぎる。　そこでもう一度指を鳴らして、またただれが足元に倒れこむか試してみる。今回は幸運に恵まれるかもしれない。それとも恵まれないかもしれない」

アダムは疑わしそうにセント・アディントンを見やった。「たまには、たった一度でいいから、きみがその仮面をはずして、真面目に話してくれればと思うよ。きみが見かけと違う人間であることを、ぼくは心の底ではわかっている。だがきみは、我々だけの時でも真面目な話を茶化してしまう。それに関して、ぼくは正直言って好きにはなれない、エイドリアン」アダムは扉に向かって歩きだした。

「アダム」

アダムは片手を扉の取っ手にかけたまま立ちどまった。

「悪かった」子爵はためらった。「からかわないと言って話をさせておきながら、実際はからかった」

「そうなることくらいわかっていたさ」

「手を貸すぞ、きみがそう望むなら」

「つまり、ぼくのために指を鳴らしてくれるわけか？」アダムの顔に小さな笑みがかすめた。「それがうまくいくとは思えないが。失礼してよければ、手紙を書いてしまいたいのだが」

「もう一通か？　最近、ずいぶんたくさん手紙を書いているな。からかわないと約束したら、だれに書いているか教えてくれるか？」

「感じ悪く思わないでほしい、従兄弟よ。答えはノーだ。まだ教えない」

子爵は立ちあがり、体を伸ばした。「それでは、そのレディの正体を明かしてくれるのを忍耐強く待つとしよう。さてと、とりあえず、ぼくはクラブに行ってくる。少々賭けて、酒も飲んでこよう。もしかしたら、壁をよじ登って孤独なレディの寝室に入りこみ、翌朝その夫に呼び出されるかもしれない」あくびをした。「いつものことだが」

アダムは舌打ちした。「それが真実でないとわかっているくせに」

「なにが真実でないんだ？」

「きみがいま言ったことだよ。指を鳴らせばどうこうという話だ。ただ冗談を言っただけだ。女性たちがきみに永遠の放蕩者でいてほしいと願っていたとしても、きみがその役割を演じなければいけないわけではない」そう言うと、アダムは出ていった。

カップを持ったセント・アディントン子爵の手の甲が白くなった。

「ああ、だが演じている」彼はつぶやいた。

5

「ルードミラ」アネスティナおばが片眼鏡越しにルーを眺めた。「ちゃんと見せてちょうだい」

ルーはロンドン、グロヴナースクエアに建つラザフォードハウスの一部を占めるアネスティナおばの住居にいた。おばはルーに関して壮大な計画を立てており、ルーの容姿を徹底的に点検することもそのひとつだった。

ルーはびくびくしながら評決を待った。

「鼻のそばかすが増えましたね。照りつける陽光を浴びて坐っていたんでしょう。メアリー」アネスティナが指を鳴らすと魔法のように小間使いが現れた。「この子の顔全体に必ず一日三回、ガウランドの化粧水を塗ってちょうだい。奇跡のようにそばかすがなくなります」ルーのほうに振り返り、ツッツッと舌打ちした。「まったく理解できないわ。なぜいつもそんなひどい色合いの服を着ていなければならないの？」

「わたしの肌の色に合うからと母に言われたんです」茶色とカーキ色がルーに合う

色である一方、ジェシカはいつも淡い色合いやピンク色を着ていた。

「ばかばかしい。あなたのお母さまは色がわからなかったに違いないわ。あなたがいまだに独身で、そんなふうに外を走りまわっているのも当然だわね。お願いだから、その縁なし帽を脱いでちょうだい。何歳になったんでしたっけ？」

「二十八歳です、アネスティナおばさま。縁なし帽をかぶってもいい年齢ですわ」

「たわごとを。メアリー」

「はい、奥さま」

「それを脱がして、燃やしてしまいなさい」

「でも、おばさま！」ルーは驚いて思わず叫んだ。

メアリーが、自分で脱いでほしいという期待の目でルーを見つめる。ルーはその帽子に命がかかっているかのように押さえつけた。それをメアリーが引っ張る。何度か引っぱられたのち、ルーはしぶしぶ手放した。

そして意気消沈して、古臭く退屈だが平和だった自分の生活の大事な象徴を持って立ち去る小間使いを見送った。

「あなたはウィンドミア家の美人とは言えないわね」アネスティナおばが結論をくだす。

ルーは反抗するように顎を高く持ちあげた。これまでの人生でずっと言われてきた言葉だ。ほかの一族の基準に達することは決してないと。ウィンドミア家の美人でないことが嬉しい、自分は陶器製の人形のような外見は好まないとルーが言いだす前に、アネスティナおばがふんと鼻を鳴らした。「そう言うのは心が痛むけれど、言うべきことですからね。でも、適切に身なりを整えて、適切な服を着て、適切な姿勢を取って――そうやって一生おばあさんのようにかがみこんでいるわけではないでしょう？――、そして適切な食事を取り――あなたはもう少し太らないと――、そうすれば、まずまず魅力的な女性に見えるはず」

ルーは息を呑みこんだ。アネスティナおばがルーのことを、まずまず魅力的に見えると言った？　それは美しいとほぼ同等の言葉だ。

「でも、おばさま――」

アネスティナおばが片手を持ちあげてルーの言葉を遮った。「いったいなぜ、あなたがそうでないと思っているのか、まったく理解できないわ。自分であえてそうするのでない限り、ウィンドミア家で醜い女性はいまも昔もひとりもいませんよ。ウィンドミア家の女性たちは別格に美しいんです。わたくしも含めてね」

それは本当だった。アネスティナは背が高く美しく、極めて印象的な女性で、そのうえに顔の色つやがよく、とび色の髪には白髪が一本も生えていない。でも、それはおそらくヘナで染めているからだろう。

「世の中、金髪の小さい巻き毛を顔のまわりに垂らした長身の女性を受け入れる男性ばかりではないっていうこと。それを覚えておきなさい。あなたの外見と肌の色は、服を選ぶことで改善されるでしょう。真っ直ぐな黒髪はどうしようもないけれど、それなら、どうすれば一番素敵に見せられるか工夫すればいいこと。やりがいがあるわ。わたくしは挑戦するのが好きなの。あなたに全力を注ぎますからね。ここにいるジェシカは」ジェシカが笑みを浮かべて前に出た。ほほえむと両頬にえくぼができる。「わたくしたちのジェシカは今月末までにわけなく夫を獲得するでしょう。たくさんいますからね、伯爵や子爵の方々は。うんざりするくらい。わたくしの忠告は狙いを公爵だけに定めること」ジェシカのえくぼを優しくつつく。

「はい、おばさま」ジェシカが従順に言う。

そのやり取りに、ルーは思わず目をくるりとまわした。ロンドンに来てまだ一週間も経っていないのに、花婿探しの話ばかりですでに嫌気が差している。

「でも、あなた。あなたは練習が必要です。そもそも最初からお母さまのヘレンがわたくしにあなたを任せてくれていたら、あんなくだらないことも起こらず、もう十年も前に、とっくに無事結婚していたでしょう。とにかく、わたくしが本腰を入れたからには、必ず結婚できますからね。ヘレンとわたくしの亡き弟に対して、わたくしはそうする義務があります、ふたりの魂の安らかならんことを。これがふたりのためにわたくしができる最後のことですよ、あなたがたによい結婚をさせることがね。今シーズンが終わるまでに、必ずふたりとも結婚させます。覚えていてくださいよ。さあ、一時間後に買い物に出かけます、いらっしゃい、ジェシカ」

そう言うなり、おばはルーの妹を従えて、さっそうと部屋から出ていった。

「助けて」だれもいない部屋に向かってルーはつぶやいた。

その午後、アネスティナおばはふたりを買い物に連れていった。

なんとまあ！　アネスティナおばが買い物に行くとなれば、荷物を運ぶために使用人の一団を引き連れていく必要がある。

帽子やリボン、手袋、ショール、下着類、ストッキング、靴、ブーツ、上履き、朝用《フィシュー》のドレス、午後用のドレス、舞踏会用のドレス、ネグリジェ、胴着《スペンサー》と長上着《ペリース》、肩掛けとショール。

目がまわりそうだった。ひとりの人間がどうしてこんなにたくさんの衣服を着ることができるの？　莫大な金がかかっているはずだが、そう言ってもアネスティナに鼻であしらわれ、即座に却下された。そして、彼女の前でお金のことを言うのは品がないと注意された。

そのあとは、アネスティナの命令で髪をカットさせられた。そしていま、ルーのまっすぐな黒髪は短くなり、軽くて奇妙な感じがする。しかも前髪は額を覆い、さらに目にかかっているという風変わりな形に切られている。ルーがその前髪をボンネットで隠すのを見て、アネスティナおばが眉をひそめた。

「頼むから、そのおぞましい茶色の布の反物から手を離しなさい。なぜあなたは、茶色のものに触れなければならないわけ？　ここにある美しい絹の布をご覧なさいな」アネスティナが華やかなアプリコット色の絹の反物をルーの顔のそばに合わせた。

「この生地ならば似合うでしょう。ショールもいいわね。銀で縁取りして」

かくしてルーは新しい午前用のドレス三着、舞踏会用のドレス二着、午後用のドレス三着と乗馬服一着を所有することになった。すべてが青やピンクや緑色の、見ているだけで疲弊するような色合いだ。麦畑に一本だけ生えたランのように目立ち、計画していたようにさりげなく壁紙に溶けこむこともできない。人々に注目されてしまう。

不安で胃がむかむかした。

バークリーストリートを歩いてガンターズ・ティーショップまで行き、バークリースクエアを散策しながら通り抜けた。その間もジェシカは絶え間なくしゃべり、途中でアネスティナおばの友人のレディ・ランドルフと出会い、手袋と帽子の新しい店に連れていかれた。

ルーはため息をついた。けさの買い物で疲れ切っているうえに、新しいブーツがきつくて痛い。すでに右足のかかとに靴擦れができていた。

「お許しをいただけたら、わたしはここでベンチに坐って、メアリーと一緒にお待ちしていたいのですが」冬の太陽が雲間から顔を出したから、その淡い光を浴びてしばらく外で坐っているのは心地よいだろう。ミルドレッドと暮らしている時は日光をほとんど浴びることができなかったから、ロンドンに来てからは、機会があるたび必ず太陽のほうに顔を向けている。ベンチは店からそんなに離れていない。髪用のリボンの箱や袋をたくさん抱えているメアリーもほっとしたようだった。

「いいでしょう。でも気をつけて、鼻に新しいそばかすができないように、必ずパラソルを使いなさい。しばらく時間がかかるでしょう。ボンネットの新作がたくさん出ているようだから。あなたにもいくつか選んできますね」

「ダチョウの羽根がついていないのにしてください、おばさま。それと、紫色とターコイズ色もなしで――」ルーは急いで言ったが、おばたちの姿はすでに店の中に消えていた。

ベンチの隣に大理石の像が立っていた。ルーは好奇心を刺激され、その像に近づいて銘板に書かれた文字を読んだ。『クインブル公爵』全身に驚きが走った。

クインブル公爵の像！　アディが手紙のなかでおもしろおかしく書いていた像のことだ。

クインブル公爵はこれ以上あり得ないほどあわれな容貌をしていた。鼻はジャガイモで耳はカリフラワー。後援者《パトロン》をできるだけ醜く、風刺画に近い様相に作製することで、作者は無念を晴らしたに違いない。あなたも見るべきだよ、ルー。スクエアの真ん中にあって、ぼくの家からも遠くない。なので不幸にも、クラブに行く途中で毎日その前を通り過ぎなければならない。

ふいに心臓がどきどきし始めた。

アディの住所は暗記している。

ブルトンストリート四Ｂ。

アディの説明が正しければ、その通りはここから近いはずだ。

メアリーはベンチに坐って居眠りしている。ルーの足が勝手に動き始めた。バークリースクエアから右手に行くと、そこがブルトンストリートだった。オークの街路樹が立つ静かでおしゃれな通りだ。並んでいる連棟住宅は粋な雰囲気だが同じ外観で、黒い鉄製の柵で通りと隔てられている。

そのうちの一軒がアディの家だ。

ルーは家を数えた。簡単に見つかった。

口の中をからからにしながら、四Bの前まで行った。街灯の陰にたたずみ、ばくばくの心臓の上に手を当てる。このまま石段をのぼって黒いペンキが塗られた大きな扉まで行き、金色のノッカーを打ちつけて、アディに取り次ぎを頼んだらどうなるだろう？

ルーはその光景を思い描いた。執事が扉を開け、訊ねるような表情でルーを眺める。そして――

扉が開いた。

ルーは飛びあがった。ああ、どうしよう！　ただの夢想で扉が開くように願っただけなのに。ルーは街灯の柱に身を寄せ、自分の姿が見えなくなるよう願った。

出てきたのは、長身で非の打ち所ない装いの紳士だった。トップハットをかぶり、ヘシアンブーツを履いている。比類なき男性。最上級の紳士。社交界の最先端。傲慢な態度も備えている。超然とした様子。尊大な雰囲気。畏敬の念を起こさせるたたずまい。まさにルーが恐ろしいと思っている種類の男性だ。

彼の視線はルーをさっと眺め――そして捨て去った。ルーが熟知している一瞥だ。彼らがなにを見たか知っている。目立たない茶色のボンネットとマントを身につけた年増の独身女性。だれでもなく、特徴もなく、すぐに忘れられる。ルーは身をすくませた。

いいえ！　身をすくませたりしない。ルーは、彼と目を合わせるために顔をあげ、背筋を伸ばしたが、彼はすでに横を通り過ぎ、ルーの存在も忘れていた。手袋をした両手で杖をまわしながら、街路をゆっくり歩き去る。彼の通り道にいた煙突掃除の少年が飛び退き、別な人物が帽子を取ってへつらうようにお辞儀をしたが、紳士は彼らを無視した。

ルーの心は混乱していた。あの人は絶対にアディではない。あり得ない。あの傲慢さはアディにふさわしくない。だれかほかの人。訪問者だろうか。もちろんそうだわ、訪問者に違いない。

隣の家の女性、おそらくは使用人が外に出てきた。

「すみません、こちらはどなたの家ですか？」ルーは息遣いも荒く訊ねた。

その女性が興味津々な視線をルーに向けた。「こちらはセント・アディントン卿のご住居ですよ。知らない人はいません」女性は腕に籠を下げてその道を歩いていった。

ルーは息を呑み、また片手を心臓の上に当てた。

ルーでさえもセント・アディントンの噂は聞いたことがあった。罰当たりな子爵。ロンドンでもっとも悪名高き放蕩者。ルーは狼狽しながら、離れつつある後ろ姿を眺めた。なにかの間違いに違いない。番号を読み間違えたとか。

もう一度数える。間違っていない。ここの家がたしかに四B。それがアディの住所であることは絶対に確実。数え切れないほど書いてきた住所。

いったい全体なぜ、アディは罰当たりな子爵と同居しているの？

アディは滞在客なのかもしれない。

それに違いない、そうよ。

でも、三年間も滞在している客人？　なんて奇妙なこと。

あの顔。あの姿！　彼のなにかがルーの記憶をちくちく突いている。来た時と同じ道をたどってバークリーまで戻るうち、ルーの頭の中が猛烈に動きだした。

あの顔を前にどこで見たのだろう。

以前に会ったという確信はあった。

一度だけ。はるか昔に。

少し乱れた金髪がうなじでカールしている。そしてあの氷のような青緑色の瞳。

肘掛け椅子にぞんざいに坐り、クラヴァットを緩めてブーツを履いた脚の片方を肘掛けに置いていた。男がこれほど残酷なまでに美しいべきではないのに。

一文字に結んだ薄い唇が挑発するように皮肉っぽい笑みを浮かべている。

彼は酒に酔っていた。

彼はマシュー・フレデリックスの友人だったのでは？　チャーミングなマシュー、快い笑顔と快活な振る舞い。過ぎ去った可能性の記憶にルーの心は重く沈み、急いでその記憶を払いのけた。

話を元に戻そう。ええ、彼を見たのはそこだった。間違いなく、彼はマシューの友人たちのひとりだった。

その時の情景がよみがえった。いっきに押し寄せたすべての記憶に、ルーは通りの真ん中に立つ像の前で凍りついた。

「たった十ギニーか？　けちなことを。百だ。きみはどうする、セント・アディントン？」マシューがあざけるように言う。

「二倍賭けよう。いや、三倍だ」その男が答えた。氷のような瞳と天使のような巻き毛を持つ男が答えた。

それがセント・アディントン。

アディントン。

アディ。

ルーの世界が傾いた。

6

放心状態でルーはベンチに戻った。メアリーはまだ居眠りしていた。

ルーは崩れるようにベンチに坐りこんだ。胃がむかむかして戻してしまいそうだった。

三年間も文通した親友が、莫大な財産をワインと女と劇場通いに浪費しているロンドンでもっとも悪名高き放蕩者だった。

セント・アディントン。ルーが大っ嫌いな人物。

彼のおかげで、自分は行き遅れの独身女性のままだ。

いいえ、いいえ、そんなはずはない！　あり得ないこと。セント・アディントンはアディではない。絶対に違う。

ルーは信じなかった。信じることを拒んだ！　どう考えてもあり得ない。自分はアディを、ルーのアディを知っている。セント・アディントンはルーがアディの中に見いだし、愛した性質をただのひとつも持ち合わせていない。ルーのアディはチャーミングで、知的で機知に富み、そして親切だ。心の底では内気で恥ずかしがり屋だと打ち明けられたこともある。ユーモアのセンスもすばらしい。読書好き。本の好みも同じだ！　罰当たりの子爵であるはずがない。放蕩者たちは本を読まない。あのかつて出会ったチューリップのように高慢な男は、これまでの人生で一冊の本も手に取ったことがないはずだ。

アディはあのおぞましいセント・アディントン、酔っ払ってマシューをけしかけていた男ではない。「きみがあのウィンドミア家でもっとも器量が悪くて地味な女性に、目を開けたままキスをする勇気を出せないほうに百ギニー賭ける」そして酔いのまわった声で品悪く笑ったのだ。

ああ！　なんという屈辱！　その時のことを思いだし、ルーは燃えるように熱い頬に両手を当てた。

ウィンドミア家でもっとも器量が悪くて地味な女性。

ルーのことを彼はそう呼んだ。

その言葉がルーの心に焼きつき、口の中に苦くて酸っぱい味を残した。

恐ろしくて残酷でおぞましい男！

でも……ありえないことが真実で、セント・アディントンが実はアディだったら……。

ああ、どうしよう！

片手を心臓の上に当てる。

アディはルーのことを知っている。

ほとんどすべてのことを。他ならぬ彼だからこそ心を打ち明けた。

ルーが声に出してうなったせいで、通り過ぎた男性がびっくりして脇に飛びのいた。

ハシバミの茂みに姿が変わって、二度と人間と話さなくて済めば――あるいは手紙を書かなくて済めばいいのにと願った。

ただひとつの慰めは、アディがルーの本名を知らないことだ。とりわけ気をつけて、名前は明かさなかった。ルーがどんな見かけかもアディは知らない。

もしも文通相手がウィンドミア家でもっとも器量が悪くて地味な女性だと、彼がからかったまさにその女性、目を開けたままキスをするのは耐えられないと言った女性だと知ったら……もし彼が知ったら……。

ルーは大きく息を吸いこみ、それから鋭く吐いた。想像もできない。

集中しなさい、ルー。集中よ。

事実を分析しましょう。まず、自分はアディについてなにを知っている？

彼はクモが情けないほど怖い。彼の飼い犬はマクベスという名前のブラッドハウンド。彼は鋭くていたずらっぽいユーモアのセンスの持ち主。雨が窓ガラスにパラパラと当たる音が好き。子どもの時にロバから落ちて右肘に傷が残っている。それ以来ロバが恐い（クモに加えて）。ロバの騒々しい鳴き声が聞こえただけで恐くて汗が吹きだす。ルーは思わず小さく笑った。彼は恥ずかしがり屋で、舞踏会に出るよりも本を読んでいるほうが好き。愛読書はロビンソン・クルーソー。ロビンソン・クルーソーになりたかった。ただし、自分の居心地のよい居間を離れ、お茶を諦めることは想像できない。極端に甘いお茶を飲むのが好き。ボンボン（糖衣菓子のこと）が好き。ポープ（アレキサンダー・ポープ、英国の詩人）の詩の全集すべてを暗唱できる。おそらく夜はずっと暖炉の前に坐り、本を読み、ポープの詩を暗唱し、甘いお茶を飲んで、窓ガラスに打ちつける雨音に耳を澄まして過ごす。年寄りのように。

それとも違う？

なぜ絶対にそうだとわかるの？　もしかしたらアディは暖炉の前で本を読んで――たとえば五分だけ――、そして立ちあがり、残りの夜を賭博場で女性を誘惑して過ごしているとしたら？

セント・アディントン卿。彼について自分はなにを知っている？　彼はほとんどの時間を罪と悪徳の巣窟で過ごすと噂されている。それなりの地位の夫人たちや社交界にお目見えしたばかりの娘たちを、ただそのまなざしだけで破滅させる。男たちは彼に全財産を奪われる。彼は領地全部を勝ち取り、一方すべてを失った気の毒な男たちは夜明けにピストルをこめかみに当てる。摂政皇太子その方からも大金を巻きあげたらしい。フランス皇帝も、戦場の砲弾が飛び交うなか、彼とトランプゲームをやって負けたそうだ。彼は毎週のように、妻を寝取られて怒り心頭に発した夫たちと決闘し、もはや何人射殺したか数え切れないらしい。一度は彼自身も死んだが、不可思議なことに、翌朝にはかすり傷ひとつ負わずに賭博場に現れたという。また、メイフェアで真夜中に乙女の寝室に侵入しながら、同じ時間にブルームスバリーの別な寝室で婦人を誘惑していたそうだ。セント・アディントンだけが、同時にふたつの場所にいられる——だから、悪魔の化身とか、堕天使ルシフェルの再臨などと言われる。たしかに彼はそんなふうに見える。

ルーは指の爪を噛んだ。彼に関する話の多くは、おそらくばかげたたわ言だろう。噂話や陰口や荒唐無稽な話の詰め合わせに過ぎない。真実ではなさそうな話ばかりだ。

それとも真実なの？

真実は、アディが、彼女のアディがこうしたすべての話に無関係だということ。

でも……なぜそんなに確信が持てるの？

絶対に正しいとわかっているのは、彼が素敵な手紙を書くことだけじゃないの？存在しない彼の姿を思い描いているだけでは？　ルーの頭の中から一歩出たら、アディは存在しないとしたら？

もしも彼がずっと嘘をついていたとしたら？

でも、セント・アディントンのような男性があんなに素敵で機知の富んだ手紙を書けるものだろうか？

だが、それよりなにより納得できない究極の難問は、セント・アディントンのような男性がどうしてルーの親友になれるのかということ。

「ばっかばかしい。どう考えても本当のはずがないもの」声に出して言ったと気づいた時にはもう手遅れだった。

「ルー！　悪態なんてついて！」アネスティナおばが毒キノコのように地面から突然現れ、顔をしかめた。買い物は終わったようだ。「公共の場所で悪態をつくのは変人だけですよ、覚えておきなさい。あなたはまだそこまで行ってはいないでしょう」アネスティナおばが鼻を鳴らす。「しかも、それについて言わせてもらえば、かなり近づいているとはいえ、永久にそうなることはありません」

「はい、おばさま」

「その押しつぶしたような帽子を脱ぎなさい。もっと似合うのを手に入れてきましたからね」そう言いながら、おばが麦わらと絹と羽根でできた黄色いボンネットを差しだした。ひだ飾りがいっぱいついた明るい色合いは、もちろんルーが好んでかぶる帽子ではない。

でもルーは従順にお日さま色の黄色いリボンをあごの下で結んだ。

「ほら。ボンネットだけで信じられないほど違うでしょう。十歳は若く見えますよ。さあ、家に戻りましょう。お茶をいただいて、少し休んで、それからウィトルバラの舞踏会に行く準備をしましょう。盛大なパーティになるはずですよ。あなたは注目される必要がありますからね」

「注目される？　でもなぜ？」どんな理由があろうと、注目などされたくない！

「あたりまえでしょう。結婚するためには、まず注目される必要があるの」

ぞっとする！

「でも、わたしは本当に結婚したくないんです、おばさま」ルーはうめいた。通り過ぎた何人かの人々が興味津々で振り返った。必要とあらば徒歩ででも、バースに逃げ帰ることを考える。ミルドレッド大おばの家という暗く湿っぽい霊廟の安全な環境に閉じこもる。そこならばだれからも注目される必要もなく、アディがあの恐ろしい子爵かもしれないと思いだす必要もない。

「ばかばかしい。もちろんあなたは結婚したいと望んでますよ。とっくに結婚しているべき時期ですからね。さあ、ルードミラ。馬車にお乗りなさい。舞踏会にはピンク色のドレスを着せるようにとメアリーに言っておきますからね」

子どものように扱われて、またルーの心内で反抗心がもたげる。「ピンクですって、おばさま。本気ですか？」

「ええ、本気ですよ。あなたの肌の色にとても映りがいいはず」

「でもね、舞踏会は二日後でしょう？」ルーは反論した。「なぜもう準備しなければいけないの？」

「準備は早く始めるに越したことはありません」おばがぴしりと言う。

「なんて楽しみなんでしょう。摂政皇太子殿下もおいでになるかしら？」ジェシカが訊ねる。

「全世界の人々がそこに集いますからね」おばが言う。

「セント・アディントン卿も？」ルーはそんなことを訊ねるつもりはなかった。本当にその気はなかったのだが、気づいたら口から飛びだしていた。

アネスティナが片眉を持ちあげた。「もちろん来るでしょう。彼の猟場ですからね」

「嘘」ジェシカが息を呑む。「興奮しちゃう！」

「興奮もいいけれど、彼は放蕩者ですからね。でも、家柄はいい。いいこと、彼は大変な値打ちものですよ。ロンドンでもっとも望ましい独身男性で、多くの母親がなんとか取り入ろうと試みては失敗しているわ。まあ、見込みはないでしょうけれど。でも、わたくしたちも試す必要があるわ」

「わたくしたち？　試す？」ルーの口がぽかんと開いた。

「口を閉じなさい、ルー。たとえ恐ろしい放蕩者だとしても、子爵と一緒にいるのを目撃されるのはいいことですからね。ウィトルバラの舞踏会では彼に役立ってもらいましょう。彼が少なくとも一回はジェシカと踊るようにしなければ。そのために、彼を晩餐会に招待しましょう。ヘクターと学友だから、断りはしないはず」

「本当にそんなことを？　おばさま、彼と一緒のところを見られたら、ジェシカの評判が損なわれるのでは？」どんな状況であれ、ルードミラはセント・アディントンとダンスをしたくない。

「ばかばかしい。彼はデビュタントには関心ないから、ジェシカは大丈夫。そして、あなた、あなたは彼の誘惑に無関心を装い続けるように最善を尽くすこと。彼はあなたを誘惑するわ、間違いなく。あんな評判が立つのにはそれなりの理由があるんです。いいわね、用心を怠らないこと」

「はい、おばさま」ルードミラは唾を飲みこんだ。

7

グロヴナースクエアの自宅に着くまでに、ルードミラは心の中で結論を出していた。

アディがセント・アディントン卿であるかどうかを知る唯一の方法は、彼に手紙を書くこと――そして、どこかで会おうという彼の提案を受け入れること。そして、自分がだれであるかを彼に知られないようにする。どうすれば、彼と会いながら、同時に自分の正体を秘密にしておけるのかわからないけれど。でもそうすれば、舞踏会で、あるいは、絶対やってほしくないけれど、おばの晩餐会で直接出会った時のために、精神的にも感情的にも心の準備ができるだろう。

出す手紙にこちらの住所を書かなければいい。

ルーは下唇を噛みしめた。問題は、どこで会えばいいか？

「あなた最近、ぼんやり考えごとをしていることが多いわよ、ルー。なにかあるの？」ジェシカがルーの部屋に来て、ふたりであれやこれやおしゃべりしているところだった。ジェシカは興奮を抑えきれない様子だった。五分と坐っていられず、すぐに勢いよく立っては部屋を一周し、花瓶に手を触れ、手鏡を取りあげ、枕を斜めに置く。両頬が赤らみ、いつもよりもさらに美しく見える。あしたのウィトルバラの舞踏会のことで興奮しているのだろうとルーは思った。

「いいえ、なにもないわ。ただ考えていただけ」

「なにについて？　話して」ジェシカが片手にショールを持ったままルーの前に立ち、期待のまなざしで姉を見つめた。

「ほとんど知らない人と会いたい時はどこで会うの？　ロンドンで、という意味だけど」ルーはふいに言った。言うつもりではなかったのに、気づくと口が動いていた。「たとえば、訪問してほしくないけれど、少しだけ一緒に歩きたいと思ったら？　すぐに交友を深めるような意図はいっさい示さないように」

ジェシカはこの質問を少しも奇妙と思わないようだった。「簡単よ。そういう場所はたくさんあるわ。公園のどれかとか、それとも美術館の中とか」ジェシカは考えこんだ。「とてもいい場所を知っているわ。ハイドパークの正面にできた新しい貸本屋の前にかわいい緑色のベンチがあるの。そこで待ち合わせて、公園を散歩できるわ」

ルーはすばやく思いを巡らせた。よい計画のように思える。

ないわよね？」

「実を言えば、わたしもそこで何人かの方に会ったことがあるのよ」ジェシカが声を抑えた。「訪問してほしくなかったから。でも、アネスティナおばさまには言わないわよね？」

「もちろん言わないわ」ルーはジェシカをじっと見つめた。「なにかわたしに話したいことあるんじゃないの？　なにかありそうに思えるけど。興奮しているようだけど、それはあした舞踏会があるから？」

「実はね、ルー」ジェシカがベッドに腰をおろし、両手を頬に当てた。「わたし、とても混乱しているのよ！　恋をしているかもしれないと思うの」

「まあ！」ルーは目を見開いた。「相手はどなた？」

「れっきとした紳士よ。彼のような方に会ったことがないわ！　ああ、その方はとんでもなくハンサムなだけでなく、とても男らしいの」ジェシカの瞳に星がきらめく。「ボンドストリートを渡っていた時のことよ。たくさんの馬車が行き交っていてね。なにが起こったかいまだにわからないけれど、たぶん石につまずいたのね。それで倒れてしまったの。そうしたら、なんと！　一台の二頭立て二輪馬車がわたしに向かってきたのよ、ものすごい勢いで！」

ルーは青ざめた。

「二頭の馬がわたしに向かってまっすぐ駆けてきたの、ルー。わたしは文字どおり凍りついて、そこに横たわったまま、死が近づいてくるのを、ぼうっと見つめることしかできなかった」ジェシカは大げさに身を震わせた。

「それで？」ルーはジェシカの腕を振った。「どうなったの？」

ジェシカの目がまた夢見るようにきらめいた。「そこに彼が来たのよ、守護天使のように。そしてわたしを抱きあげて、通りの向こう側に運んでくれたの。危ないところだったわ。一秒も経たないうちに二輪馬車が轟音を立てて走り抜けたから。彼が助けてくれなかったら、きっといま頃は死んでいたわ」

「なんてことでしょう、ジェシカ！　怪我はしなかったの？」

「ひっかき傷もなかったわ。くるぶしもひねっていなかった。心の中でひねっていたらと願ったくらい。そうすれば彼が抱いたまま家まで送ってくれたでしょうから」

「ジェシカ！」ルーは顔をしかめた。「まあ、彼がどなたであろうと、あなたの命を救ってくれたことは間違いないわね」

「ええ、わたしもそれを言いたいのよ。彼はわたしの守護天使なの」

「彼がどなたか知っているの？」

「それが問題なのよ、ルー。実は知らないの」スミレ色の瞳を曇らせ、ジェシカは目をそらした。「でも、わたし、起きているあいだじゅう、彼のことを思わずにはいられないの。ああ、ルー！　寝ても彼の夢を見るくらい」

ルーは思わずそわそわと坐り直した。「まあ大変。夢を見るのは、まさに夢中である証拠でしょう」

「それに、どこへ行っても彼の姿を探さずにはいられない。通りでも、訪問した場所でも……」ジェシカの声がまた小さくなった。「あしたのウィトルバラの舞踏会で彼に会えると確信しているのよ」

ルーは妹の手をそっと叩いた。「彼がいたら、わたしたちに紹介してね」

「ルー、おばさまにはなにも言わないでね。おばさまは賛成しないでしょうし、そうなればわたしの胸は張り裂けてしまうわ」

親愛なるアディへ

ついにわたしたちはロンドンに来ました。そして、恐れていたことが次々に起きています。おばが、まるでたがが外れたように、わたしをロンドンのすべてのお店ひとつひとつに引きずっていくのよ。すべての、お店、ひとつ、ひとつに。それに、まるでクジャクのように、ピンクとか紫とか緑といったあり得ない色合いのドレスを着るように強要するんです。わたしの肌によく映るからと。ところで、そうですね。ぜひお会いして、ハイドパークを散歩しましょう。あしたの三時にいかがでしょうか？　貸本屋の前のベンチをご存じ？　そこでお待ちしています。

きわめて不適切なことを提案したのはわかっているが、仕方がない。自分の評判を気にするレディは、ふたりきりで会おうなどと紳士に提案したりしない。でも、それは問題ではないとルーは判断した。なぜなら、もちろんそこに行って、彼と会うわけではないからだ。通りの向かいの貸本屋の窓から、どんな紳士が待っているかを確認するだけ。

優れた計画だとルーは思った。

胸がどきどきした。もちろんアディは返事を書けない。手紙に差出人の住所を書かなかったし、じかに届けるのではなく、ロンドン市内の郵便局で送り主がわからないように出してくるよう、従者に頼んで心づけをはずんだ。

それから、ルーはアディから受け取った手紙を取りだした。そう、ルーは真珠をあしらったマホガニーの箱に全部の手紙を大切にしまい、ロンドンに持ってきていた。

震える両手で数通の手紙を開き、署名をじっくり眺めた。

頭を振る。その走り書きはたしかに〝アディ《Addy》〟と、ルーには読める。

でも、〝y〟の最後が長くて勢いのある輪になっているのは……ルーはそれをずっと飾り文字だと思っていた。でも実は、彼の名前の残りの半分――〝イントン《ington》〟の署名を乱雑に省略しただけかもしれないと初めて思った。

彼は普段、名前全部〝アディントン〟を署名しているのかもしれない。

自分はアディのことを完全に読み違え、誤解していたのかもしれない。

ルーは震える両手で手紙をたたんで箱の中にしまい、その箱を洋服ダンスの一番奥底に隠した。

8

ルーはおばに真実を話した。つまり、貸本屋に行って、本を何冊か借りてきたいと言ったのだ。

「〈ミューズの神殿〉に行くつもり？」ジェシカが刺繍から目をあげて訊ねた。

「あなたが教えてくれたハイドパークの向かいの新しい貸本屋に行こうと思って」ルーは説明した。「〈ミューズの神殿〉にも行きたいけれど、まずは近いところを訪れてみたいの」

「なんて間が悪いこと！　ミス・エディス・タウンゼントとの先約が入っているわ。一緒に買い物をしましょうと誘われたんですよ」おばが言う。

「もっと買い物をするんですか！」ルーは身を震わせた。

「彼女のリボンが舞踏会用のドレスに合わないから、一緒に行ってあげると申したんです」

「気にしないでくださいな。メアリーを連れていきますから」おばが反論する前に、ルーは急いでつけ加えた。文学好きの女性に対する非難や、本を読み過ぎるのはよくないという叱責を予期していたから、おばの返事に驚いた。

「まあ、いいでしょう、ルードミラ。わたくしにも一冊小説を選んできてちょうだい。ラドクリフ（アン・ラドクリフ、英国の小説家、ゴシック小説の大家）の作品はどうかしら。『ユードルフォの秘密』がいいわ」

ルーは驚いて返す言葉も思いつかなかった。

ルーは約束の一時間前に貸本屋に到着した。メアリーには用事を頼み、一時間くらいのうちに戻るようにと言って追い払った。それから扉を押し開け、本や紙や埃やインクという貸本屋特有の匂いを吸いこんだ。中にはわずかな客しかいなかった。飾り窓の隣の棚のそばまで歩いていき、不安な気持ちで窓ガラス越しに通りを眺める。そこからならば、オークの木の横のベンチが見える。

ベンチのあたりにこれほどたくさんの人がいるとは思っていなかった。どうやら人気の待ち合わせ場所らしい。周辺に数人の人が立っておしゃべりをしたり、街灯の横のベンチに坐ったりしている。

ルーは本棚からなんの本か見もせずに一冊、また一冊と抜きだした。気づくと腕いっぱいに重ねた本を抱えていたが、それでも、視線は外のベンチから一瞬たりとも離さなかった。

来たわ！　灰色の装いの紳士が歩いてくる。細身で中背、シルクハットの下に明るめの金髪が見える。ルーと同年代。おそらく少し年上か。

ルーの心臓が早鐘を打った。

彼はベンチに坐って脚を組むと、懐中時計を引っ張りだして眺めた。

ルーは彼がもっとよく見えるように首を伸ばした。

あの人はアディに違いない、ルーは突然そう理解した。そして、セント・アディントンではない。安堵感が押し寄せ、めまいを感じて本棚に寄りかかる。目を閉じ、心の中で感謝の祈りをつぶやいた。

彼は立ちあがり、行ったり来たりして、明らかにだれかを待っているようだ。とても美しい姿の男性だ。思わずため息が漏れる。想像していた通りだった。ハンサムで親切、知的で賢い。少なくとも、この場所からはそう見える。彼は懐中時計を見続けていたが、それから通り沿いに少し先まで歩き、そこで振り向いて、来た方角を眺めた。そしてまた行きつ戻りつ歩く。ルーの頭が回り始めた。これからどうしたらいいだろう？　ふいに、外に飛びだし、彼に挨拶したい衝動にかられる。旧友のように。わたしたちは友だちだ、そうでしょう？　でもその瞬間、自分がいかに地味で冴えない格好をしているかを思いだした。くすんだ色の古いボンネットをかぶり、古いマントを着ているのは、そうすればだれにも気づかれないとわかっているからだ。でもいまはその判断を後悔していた。どうして、おばがルーのために買うと言い張った新しいドレスのどれかを着てこなかったのだろう？　わたしを見てアディが失望したら？　心がずきんと痛んだ。彼が目に困惑の表情を浮かべ、失礼なく立ち去るための言い訳を探す姿を見るくらいならば、この場で死んだほうがましだ。どんなに気まずいことだろう。ルーは唇を嚙んだ。彼の横顔を眺める。あぁどうしよう。彼の顔に苛立ちの表情がよぎった。すでに十五分は待たせている。もっとよく見ようとつま先立ちになった。彼は振り向きそうだ。もしもあと少し振り向いたら、正面から彼の顔が見えて――

「失礼、これを落としたようだが」

「は？」

顔をあげると、冷笑しているような青緑色の目と目が合った。セント・アディントン子爵だった。

顔からさっと血の気が引くのがわかった。心臓が飛びだしそうだ。もしかしたら実際にキャッと言ったかもしれない。

「本を何冊か落としましたよ」子爵がかがんで本を拾いあげた。「『想像上の姦淫者』」彼の口角がひきつる。「おもしろそうだ」

ルーは喉を詰まらせ、彼が両手で持っていたその本をひったくった。「おばが読むための本を探しているんです」いちおう筋の通った文を言えたのが自分でも驚きだった。

「それなら、『想像上の姦淫者』はすばらしい選択だ。それと、これもそうかな――」彼が二冊目の本をひっくり返して題名を読みあげた。「『男たらしのための女子修道院』」彼はツッツッと舌打ちし、おかしそうに片眉を持ちあげた。「おばさまの読書の趣味はわからないが、ぼく自身はなぜか『想像上の姦淫者』に心惹かれる。見てもいいかな?」彼が片手を出した。

頬を火照らせながら、ルーは彼に本を渡した。

彼は指を一本一本引っ張りながら手袋を取り、本をぱらぱらとめくった。

これは現実ではないはず。この自分が貸本屋の中で窓辺に立ち、きわどい本について話している。よりにもよってセント・アディントン子爵と。

息がうまくできず、目まいがした。

ああ、どうしよう! 混乱し、頭がかっかして、さらにはぐるぐる回っている。

しかも暑くて苦しい。メアリーがけさコルセットをきつく締め過ぎたらしく、うまく息が吸えない。

本をめくっている男性は、あまりに近くに立っている。ジャコウのコロンのよい香りが漂って、ルーの胃のあたりに奇妙な感覚を引き起こしたが、いまはそれについて考えたくなかった。

一冊の本で自分をあおぎ、窓の外をちらりと眺める。

アディはいなくなっていた。きっと、ルーが現れないことに苛立って立ち去ったに違いない。鋭い痛みがルーの心を貫いた。本能的に外に走り出て、アディがどちらに行ったか確認しそうになった。でもそうはせずに、ルーはその場に留まり、目の前の男性を凝視した。梳かしつけていないウェーブがかかった髪の上に粋な角度で帽子をかぶり、仕立てのよい灰色の燕尾服と腿にぴったり貼りついたズボンという服装で、よく磨かれたヘシアンブーツを履いている。

ルーは彼が、肘掛け椅子にゆったり坐り、マシューに賭けを持ちかけていたのと同じ男だと確信した。とても昔に。

彼がそれを覚えているだろうかとルーはいぶかった。自分は覚えている。

ルーの心は困惑のあまりますます混乱した。屈辱。怒り。恐れ。そして正確に指摘できないさまざまな感情。

ルーはもの思いから引き戻された。どうしよう。彼はなにか訊ねたに違いない。彼の顔に浮かんだ、おもしろがっていて興味津々らしい表情から判断して、自分はそれを聞いていなかったらしい。

「この本を本当に借りるつもりかどうか訊ねたのだが。もし借りないのなら、ぼくが借りようと思ってね」白い長い指でその本を持っている。

「あなたは本をお読みになるの？」ルーの口からそのぶっきらぼうな言葉が止める間もなく飛びだした。

今度は両方の眉が勢いよく持ちあげる。「なんと」ものうげに言う。「そう言われてみれば、ちゃんと読めるかどうか自信はないな。かつてアルファベットは習った気がするが、遠い昔なのでよく覚えていない。たしかに、この本を借りたいと思ったのも、絵を見るためかもしれない。だれでもこれを――この絵を見たら楽しまずにはいられない。とても――美しい」ルーの瞳をじっとのぞきこむ。「つまり、絵のことを言っているのだが」

なにか熱いものがルーの全身を駆けめぐった。

「しかしその一方で」彼が言葉を継ぐ。「一般的な意見とは逆に、本には、読まれる以外の目的もあるという意見を支持している。いろいろ思いつける――さまざまな——本の用途を」

この言葉が不適切なことを示唆している理由はなにもないのに、なぜかそう聞こえた。彼の言い方のせいだ。なぜかわからないけれど、自分の顔が赤よりもっと濃い色に紅潮しているような気がした。「まあ、たとえば？」

「乾いた本は焚き火には最高の材料と言われている」本の背を指で叩く。

ルーは唇を結び、冷ややかな笑みを浮かべた。

なんて鼻持ちならない男性！

その瞬間、ルーは自分にあることを約束した。

彼はかつて一度ルーを辱めた。もう一度はさせない。湧き起こった怒りの感情は歓迎すべきものだ。この男性を憎もうとルーは決意した。

彼の手から本を奪い取る。「わたしが借ります」

「それは残念」彼が答えた。「きっと楽しめたと思う。挿絵を見ることで」

まあ！　あの笑み！　なぜそんなふうにわたしにほほえみかけられるの？　まるでわくわくする秘密を共有しているかのように？

彼の目を見つめるには、頭をそらして見あげなければならない。ルーの頭のてっぺんが彼の肩ぐらいだ。彼は山のように大きい。

「ほかになんの本を持っている？」彼は腕を前で組んで本棚にもたれ、ルーの行く手をはばんだ。

ルーはどうすればいいかわからなかった。手当たり次第に棚から取った本を、彼から身を守る武器であるかのように腕に抱えていただけだ。ルーは本を眺めた。『わたしが生まれた時に起こったこと』ぼう然と書名を読む。「もう一冊は、『彼と結婚するのは間違っている』」

「なんと」だが、その顔は無表情のままだ。「書名から推測するに、どちらも刺激的な読み物のようだ」

「ここはなんの場所？」ルーは本棚を眺めた。驚いたことに、十八世紀の書物の中でも、適切な内容とは見なされない、きわどい本が並べられている場所ではないか。

この状況のあまりのばかばかしさに気づいてルーはがく然とした。唇を噛みしめ、笑いそうになるのをこらえる。

彼が棚から別な本を取った。「『プリンセス・コクドフとプリンス・ボンボン』」題名を読む。顎の筋肉がぴくぴくしているのがわかった。「うーむ、これは驚いた。どうやら、読む能力はまだ残っていたらしい」

「プリンセス——何ですって？」

「コック《殻》……ドウフ《卵》？　それともコッキードゥーフ《うぬぼれたまぬけ》かな」彼が考えこむ。

ルーの閉じた唇のあいだから淑女らしからぬ笑い声が漏れた。気を取り直して毅然としようとしたが、どうにもならなかった。

「この題名は非常に独創的だな。だが、こちらの本にはかなわないぞ。ほら、『彼自身、または彼女自身、またはそれ自身によって語られたと考えられているピンの冒険』」声が震えている。「取り消そう。以前はあったかもしれない読解能力は完全にぼくを見捨てたらしい。なにを言っているのか、まったく意味がわからない」

ルーは自分を抑えられなかった。我慢できず、ついに笑いだした。

彼もそれに加わった。彼の笑い声は豊かな中低音だ。

「だれにも理解できないわ」ルーは涙を拭った。「いまは、こんな本を書く人はいないでしょうね」

「あなたは、おばさまにどちらを選ぶかな」彼の目がきらりと光る。

「アネスティナおばは、『ユードルフォの秘密』か、それでなくても、なにかアン・ラドクリフの著書を借りてほしいと言っていましたので」

「なるほど！　崩れた城とか幽霊とか殺人とか迫害されるヒロインとか、そんな本だな。いいね、大賛成だ。もちろん、ぼくは読んだことはないが」両手を持ちあげてぞっとしたという顔をしてみせる。「読む能力を持ち合わせていないので」

「まあ、やめてください」ルーはぴしりと言った。「あなたは読書がお好きなのね。違うかのように言ったことをお詫びします。だから、そんなにちくちくとあてこすりを言わないでくださいな」

彼はにやりとした。

ルーは『想像上の姦淫者』も含め、全部の本を借りることに決めた。興味を持ったわけではなく、彼がカウンターまでついてきて、なだめすかしてなんとかルーにその本をあきらめさせようと（ルーはそれを拒絶したわけだが）、最後の最後までねばったからだ。そうなったからには、題名が、いかにこの本がレディの読むにふさわしくない内容であると示唆していようが、この本を読みたくないと認めることはできない。彼が欲しがっているからという理由だけで、それを借りて読む。よくわからないが、なんらかのひねくれた理由で、彼を妨害しなければならないとルーは感じていた。

店員は題名を目にして眉を持ちあげ、本を急いで新聞紙で包んだ。

問題なし。

ルーのために扉を開けた子爵から、一瞬、魅力あふれる笑みでほほえみかけられ、ルーは言葉を失った。

「きっとまたお会いできるかな、ミス――」彼が帽子をあげ、ルーが名乗るのを待った。ルーは黙っていた。

彼は肩をすくめた。「そのうち、その本の内容を聞かせてほしい。あるいは、もっといいのは、貸してくれることだが」

ルーが返事をしないと、彼はお辞儀をした。「ぼくはセント・アディントンだ。どうぞよろしく」

ルーは口の中で意味をなさない言葉をつぶやくなり逃げだし、ちょうど使いから戻って戸口の脇で待っていたメアリーを引きずるように帰途についた。


その日、ルーはふたつのことを学んだ。

ひとつ、アディは自分が想像していた通りの人に見えた。彼はルーのせいで苛立っていた。もう一通手紙を書き、なぜ約束の時間に行けなかったのかの言い訳を考え、理由と謝罪をしたためる必要がある。

ふたつ、セント・アディントン卿は噂されている通りの人だった。ものすごく人当たりがよい。そして、ものすごく鼻持ちならない。そして、ものすごく魅力的。

ルーの心臓がひとつ跳ばしに打った。

そして自分は彼に対してものすごく怒っている。ずっと昔に彼にされたことを。

そして、自分に対しても怒っている。彼のことを考えるたびに心臓がひとつ跳ばしに打つからだが、それは自分でも認めていない。


真夜中にルーは起きあがった。心臓がどきどきしている。

震える指でろうそくに火を灯した。

すべてを間違えているのではないかという恐怖感に襲われたのだ。

外のベンチで待っていた紳士が本物のアディでなかったら？　彼が本物の彼だというどんな証拠があるというのか？　想像のアディとぴったり合ったということ以外に？　外にはほかに何人もの人が待っていた。あの紳士がルーのことを待っていたとどうしてわかる？　ほかの人を待っていたかもしれない。とくにあの男性に注目したのはなぜ？　彼が素敵に見えたから？　彼がアディであってほしいと、ただただ願っていたから？

明白なことを無視するのは、できないし、するべきでもない。なぜなら、アディと会おうとしているちょうどその時に、セント・アディントン、すなわちルーが先日、ブルトンストリートの家から出てきたところをすれ違ったまさにその男性が貸本屋に現れたのが、あまりに偶然過ぎるからだ。同じ時間に。同じ場所に。

そもそも、なぜセント・アディントンのような男性が、ほこりっぽい貸本屋を訪れるのだろう？　ただし――

ただし、ルーが約束の場所で彼と会うつもりがないと最初からわかっていたら？

ただし、ルーが貸本屋に隠れ、自分は姿を現さないと知っていたら？

ただし、ルーが彼を試していると知っていたら？

それだけルーのことを理解しているのはアディだけだ。

熱い感覚が体を貫いた。

自分とセント・アディントンが、同じような滑稽なユーモアの感覚を共有していることは、しぶしぶながら認めざるを得ない。

ふたりは貸本屋の本棚のあいだで一緒に笑い合った。

ルーはうめき声を漏らしながら、また横になった。

ああ！　どうしよう！

つき詰めれば、あの恐ろしいセント・アディントンがアディであるかもしれない。

ルーはまた恐慌状態に陥った。

いったい全体自分はどうするべきだろう？

9

「アダム、いったい全体、きみは午後中どこにいたんだ？」

セント・アディントンはぶらぶらと居間に入っていき、赤ワインのグラスを手に肘掛け椅子にもたれている従兄弟を見つけるとそう訊ねた。

アダムは彼を一瞬見あげた。「やあ、エイドリアン。約束の人には会えたのか？実はぼくもある人に会う約束をしていたんだが、相手が現れなかった」片方の指をあげて執事を呼ぶ。「ぼくに手紙が届いていないか？」

「いいえ、旦那さま」執事が答えた。

「奇妙だ」アダムは額をこすった。

「あの日は夕方、一緒にクラブに行く約束をしていたと思ったが」

「わかっている。実はまったく忘れていたんだ。申しわけない」

彼は肘掛け椅子にさらに身を沈めた。「きょうはあまり体調がよくない。流感にかかったのかもしれない」

「その約束相手は女性かな」エイドリアンはゆったりした歩調で酒を載せた手押し

車まで歩いていき、グラスにブランデーを注いだ。

「ああ」アダムがそっけなく答える。

「なんとなんと、それはきわめて興味深いことだ。求愛するつもりのレディなのか？」問いかけながら、エイドリアンは椅子に坐って脚を組んだ。「一緒に子ども部屋を作ろうと思っている人か」

アダムはためらった。

「もはや、〝違う、まあたぶんそうかな〟という答えはなしだ。率直な答えが欲しい、きみがよければ」

「くそっ、正直言って、自分でもわからないんだ」アダムはグラスを置き、それから気を変えてまた取りあげ、中身をいっきに飲み干した。「そんなに簡単なことではない」ひょいと立ちあがり、部屋の中を歩きまわる。

「女性のことは、思ったようにはいかないものだ。その女性についてぼくに話したいかい？」エイドリアンは両手をあげた。「皮肉っぽいことは言わないと約束する」

アダムはまたためらった。「しばらく手紙の文通をしていたんだが、どちらも少しずつ親交を深めたいと考えていることが最近明らかになり、会おうということになった。ああ、わかっている。不適切だ。おそらくそれが理由で彼女はきょう現れなかったのだろう。すべきことではないと悟った。彼女が正しい。それだけのことだ。それが最善だったかもしれない」

「なんという偶然」エイドリアンはつぶやいた。「人生は偶然に満ちている。そう思わないか？」そう言い、考えこむようにぼんやりブランデーを見つめる。「きみがだれと会うつもりだったか知りたいものだ」

「きみの好みの女性ではないよ、まったく」

「それはぼくが決めることだろう」

エイドリアンに向かって一瞬にやっとしたアダムは、まるで少年のように見えた。

「そして、指をはじいて、彼女を足元に倒れこませるのか？　冗談じゃない」

「きみはぼくを骨の髄まで傷つける。察するに、その女性こそ、きみの秘密の文通相手だな。ああ、文通のことは知っている。それに、わかっているだろうが、彼女の正体を永遠に秘密にしておくことはできない」

アダムは顔を赤くした。「わかっている。約束するよ、エイドリアン。全体像が見えたら、きみに知らせる。それよりも貸本屋へ行ったんだろう？　なにを探していたんだ？」

「間違っていたら訂正してほしいが、一般的に言って、貸本屋とは本を探すところじゃないか」

「そうとも言えない。だれが結びつける？　セント・アディントン子爵と本を？」

「たしかにそうだ。実はつい最近、ほかでもぼくの読書能力について疑問を持たれた」

アダムは笑った。「しゃれ者をきどっている限り、疑問を持たれて当然だ。きみの演技力は舞台でも通用するほどだからね」

「それも努力だ、従兄弟よ」

「古典文学で最優秀を取った者がなにを言う。ぼくよりはるか以前にこれを読破していたくせに」アダムは革の本を指で叩いた。

「ああ、だが、キケロ（古代ローマの政治家、哲学者）やそういう類いの書物はとっくの昔に卒業した」エイドリアンはあくびをした。

「それなら、シェイクスピアはどうだ？　新しい演出でハムレットが上演される。主役はエドマンド・キーンだ。一緒に観に行かないか？　今夜ではないが。今夜は頭痛が起こりそうだからね。だが、近いうちに行こう。ぼくが、どれほど劇を好きか知っているだろう？　とくにシェイクスピアがいい。キーンもすばらしい」

「そうだな、アダム。それで今夜は？　これからどうするんだ？」

「読書だ、ほかにあるか？」アダムは手に持っている本を持ちあげてみせた。

「ポープの詩集か。まあ楽しんでくれ。ぼくは出かけて、トランプゲームでもやってくる」エイドリアンは杖を持ちあげ、先端に帽子を引っかけて回そうとした。

「それとも、またマダム・コヴェントガーデンに行くかもしれない」

「またマダム・ボーモンのところか？」

「当然だ」

アダムは首を振ってため息をついたが、意見を言うのは差し控えた。

「アダム」

ふたりは目を合わせた。

「ぼくのことを心配するのはやめてくれ。『美女は美しい瞳で流し目をするかもしれないが無駄である。魅力は見る目を打つが、真価は魂を勝ちとる』きみのお友だちのポープの言葉だろう？　ぼくが好きなのはポープではなく希望《ホープ》だがね」

アダムはまたため息をついた。「ぼくにはきみが頑固に自滅の道をたどる決意をしているように見えて仕方がない。ぼくが求めているのはただ――いや、忘れてくれ」

エイドリアンは眉間に皺を寄せた。「きみが求めているのは？　言ってくれ。きみの考えていることには大いに興味がある」

「いいだろう。きみはぼくを感傷的な愚か者だと思うかもしれない。だが、コヴェントガーデンの売春婦たちのことは忘れて、健全で善良な女性を愛してほしい。さあ、言ったぞ。たぶん、いまの自分の精神状態のせいだろう。ぼくが言ったことはすべて忘れ、早く出かけて楽しんできてくれ」

「まさにそれが、これからぼくがやろうとしていることだよ」エイドリアンは帽子をかぶりながらつぶやいた。「愛することだ」

彼はいつになく心ここにない様子で馬車に乗りこんだ。

「劇場へ」彼は御者に言った。

10

ウィトルバラの舞踏会は恐ろしく混み合っていた。

アネスティナおばが、摂政皇太子も含めて全世界の人々がそこに集うと言ったのは正しかった。殿下はコティヨン（相手を変えて踊るフランス舞踏）の最中に登場し、そのために演奏者たちが曲半ばで唐突に演奏を止めたので、ダンスフロアで踊っていた人々はすっかりまごついた様子だった。人々が玄関に詰めかけたので、ルーに見えたのは、軍服を着た肥満体に載っている頭の後ろだけだった。彼の髪がたてがみのようにふさふさした茶色だと気づいたが、それで終わり。

そのあと少し経って、ジェシカが目をきらきらさせ、息を切らせながらルーの元にやってきた。

「ルー！　あの方を見た？　足を止めて、わたしを選びだし、手にキスをしてくださったのを見た？」

見ていなかった。「それはよかったわね、ジェシカ。もちろん、わたしの美しい妹のためなら、王子さまも王さまも立ち止まって挨拶してくださるに決まっているわ」ルーのほほえみは心からのものだった。彼女自身はそんな風に選び出されるなど絶対に嫌だったから、嫉妬せずに素直に喜ぶことができた。

アネスティナは誇らしさで破裂しそうになっていた。「勝利よ、ジェシカ。勝利。あの方はあなたを第一級のダイヤモンドとお呼びになったわ。正しいお言葉よ、あなたは本当にそうですもの」そう言いながら、満足そうに扇子でひらひらと自分を仰ぐ。

ジェシカはとびきり美しかった。淡いブルーのドレスが彼女のヤグルマソウ色の瞳にぴったりだったし、豊かな金髪は軽やかにカールしていて、縮らせる必要も巻く必要もない。

アプリコット色のドレスを着た自分もまあまあいい感じだろうとルーは思った。ピンク色よりもアプリコット色のほうがいいとなんとかおばを説得し、おばも最後には折れた。ドレスの色が瞳の色を際だたせ、カットしたばかりの髪のおかげで顎のとがった小妖精っぽいかわいい顔立ちになり、たしかに若く見える。どうやったのか、おばの侍女がルーの直毛を何筋か、らせん状の巻き毛にカールさせて顔のまわりに垂らしてくれた。奇跡が起きたと言ってもいいくらいだ。

ルーはこの場所にいたくなかった。この場所の記憶は心の中で最近のことのように鮮明だ。壁紙、銅像、生けられた花々、ろうそくの香り、床のワックスの匂い、従僕たちさえも変わっていない。脇の下に汗が溜まるのを感じ、十リーグ離れた場所にいられればと願った。

ちょうど十年前、これと同様の舞踏会にいた。いまの自分と同じように着飾っていた。ただひとつの違いは、まだ壁の花ではなかったこと。そして、自分は恋をしていると思っていた。

十八歳の世間知らずで、目を見開き、好奇心にあふれ、ダンスをしたがっていた。そしてまた、淡い緑色のドレスを着た自分の容姿がそこまでよくないとは思っていなかった。

だれもそんなことをルーに言わなかったからだ。

ダンスの曲が次々と終わっていき、ルーは足を踏み変えながら立っていた。ルーのダンスカードは真っ白だったが、本気で心配してはいなかった。結婚相手にふさわしい独身男性を両親が紹介してくれて、その人とダンスができるとわかっていたからだ。

ただし、ルーの母親は横に立っていたものの、ほかのレディの方々とおしゃべりするのが忙しく、ルーがそこにいるのを忘れていたし、父親はカードルームにいて、まだ八歳の幼いジェシカは家で眠っていた。

音楽のリズムに合わせて上靴の先で床を叩きながら、ダンスフロアで踊る何組もの男女の姿を眺めていた。そこに加われたらとどんなに願ったことだろう！

その時、彼がルーの前に立った。

マシュー。緋色の軍服、ウェーブのかかった豊かなクリ色の髪、とろけそうな茶色の瞳、かすかな笑みを浮かべた口元。彼の腕を取って連れてきたのはレディ・ベントリーで、彼女はルーの父の知人だった。

「ルードミラ。こちらの紳士が紹介してほしいそうよ。こちらレディ・ルードミラ・ウィンドミア、こちらはマシュー・フレデリックス大尉、お父上はハムチェスター伯爵」

ルーは膝を曲げて頭をさげた。

彼も一礼した。「このダンスを踊っていただけますか？」

ルーは心臓をどきどきさせて彼の腕に手を載せ、ダンスフロアに導かれた。

ああ、その時のダンスがどんなだったか。

ルーに得意なことがあるとすれば、実際にはその真価を発揮することはほとんどなかったが、ダンスを踊ることだった。足どりは軽く、リズム感もよかった。それに音楽を愛していた。ダンスをする時、音楽は彼女の一部となった。

マシュー・フレデリックス大尉と踊ったのは、ただのダンスではなかった。ワルツだった。ルーは天にも昇る心地だった。しかも、彼は一度だけでなく、二回も申しこんでくれた。

彼は快活でほがらかな人物だった。上流社会でよい結婚相手と思われていた。思わせぶりに話しかけ、目をのぞきこんではほほえみ、片手で彼女の手を撫でるように触れることまでした。

ルーは彼との恋めがけて真っ逆さまに落ちたのだった。

翌日の晩の別な舞踏会でも同じことが繰り返された。彼からちやほやされ、ルーはまたも天にも昇る心地だった。公爵夫人であるルーの母は大喜びだった。ルーは夢のような相手をつかまえたのだ。自分は指一本あげることなく。

「言った通りでしょう、ルー。あなたは社交シーズンが終わる前に結婚することになるわ」母は満足げに言った。

その舞踏会の翌日、マシューの訪問はなかったが、花束が届けられた。赤いバラ。これ以上ないほど明確なメッセージ。

一週間後、三回目の舞踏会が……ウィトルバラの舞踏会だった。

ルーは高まる期待を胸にその日を待った。銀色のドレスを着て、銀色の舞踏用の上靴を履いた。自分を美しいと感じていた。頬はつねって赤くしたし、目はきらきら輝いている。ルーはマシューを探した。彼はルーに最初のワルツを取っておいてほしいはずだ。オーケストラが演奏を開始した時、彼はその場にいなかった。でも、直前にルーは扉のそばを横切るマシューの緋色の姿を一瞬目にしていた。

廊下に出ていくと、突然カードルームからどっと笑う声が聞こえてきた。

もしかしたら、彼はそこにいるのかしら？

実際に彼はそこにいた。取り巻き仲間に囲まれて。ルーは不安な気持ちでその人々を眺めた。彼が一緒にいる友人たちはちゃんとしているようには見えない。何人かの紳士は酔ってまっすぐ立っていられないように見える。

氷のように冷たい青緑色の瞳をした金髪の紳士など、肘掛け椅子にもたれるように坐り、片方の肘掛けに脚を掛けている。

「まさか彼女に惚れたのか？」彼が挑発するように言い、グラスをまわすと中の液体が絨毯に飛び散った。

「ばか言うな。もちろん違う！　あの容姿であり得ないだろう？」マシューが鼻で笑う。

「だが、現に求愛しているじゃないか」

マシューは肩をすくめた。「だれかに求愛しなければならない。知ってのとおり文無しだからな。テムズ川をあさるくず拾いよりすってんてんだ。いやはや。彼女のほうがまだましだ。たとえ胸が洗濯板と同じくらい平らで見てくれが悪くても、公爵の娘で、持参金はほかのだれより多い」

「正しく理解しているかどうか確認させてくれ」セント・アディントン子爵が不明瞭な声で言う。「きみは彼女のことを、ウィンドミア家の女性たちの中でもっとも不器量だと思っているが、それでも結婚しようと思っている。金のために。そして結婚式の夜を終えたら、どこかの田舎に追いやり、ふっくらしたかわいいエレンのところに戻るわけか。あのダンサーの。少なくとも、彼女の胸は洗濯板でなくメロンふたつだからな」

卑猥な笑い声がまたどっとあがった。

マシューが肩をすくめた。「まさにそういう計画だ」

「すばらしい」子爵が突然身を起こし、両肘を膝について、マシューの目をじっと見つめた。「そうなった時に、きみが目を閉じずに開けたまま、あの不器量なウィンドミアの娘にキスをする勇気を奮い起こせないほうに十ギニー賭ける」

男たちが笑いどよめいた。

「たったの十ギニーか？　けちな。百だ。どうする、セント・アディントン？」マシューがあざけるように言う。

「その二倍賭けよう。いや、三倍だ」

「それも今夜のうちにだぞ！　一時間以内だ」そう言ったのは、ルーがマシューのあとにダンスをするはずのアンソニー卿だった。感じがよくて、むしろ内気な人だとルーが思っていた男性だ。

ルーは彼らの背後に立ちつくし、そのすべてを聞いた。

屈辱の鋭い痛みが全身を貫いた。

血管がどくどくと脈打ち、顔がぶざまなまでに真っ赤に火照った。

その時セント・アディントン子爵が笑いながら目をあげ、マシューの頭越しにこちらを見た。ルーの目が子爵の目とぴったり合った。

恐ろしい一秒が永遠に感じられた。

彼の目に浮かんでいた笑いが途絶え、悔恨かもしれないなにかに置き換わったが、その表情を分析する時間はルーにはなかった。

自分は知り合いでもない男たちに徹底的に踏みにじられ、魂を辱められ、彼女の存在そのものをばかにされた。

しかもマシューは笑いながら賭けを募り続け、そのあいだも後ろに彼女が立っていることに気づいていなかった。

それを彼が知ることは永遠にない。

なぜなら、ルーがくるりと向きを変えて舞踏室に逃げ帰り、そのまま両親の脇を擦り抜けて通りに出ると、むせび泣きながら雨の中を歩いて家に戻ったからだ。

家に着いた時には銀の上靴が壊れ、髪はぐっしょり濡れて、水のしずくが流れになって顔を伝い落ちていた。そして骨の髄まで震えていた。

翌朝、ルーは熱を出した。ひどく体調を崩して寝こみ、健康を取り戻した時にはもう社交シーズンは終わっていた。

その後ルーは二度と舞踏室に足を踏み入れなかった。

そして、二度とマシューに会わなかった。


すべてがいっきによみがえった。心の痛み、屈辱、裏切り、そして悲しみ。そのすべてを忘れようと自分に言い聞かせた。しかし、視線を舞踏室にさまよわせて探さずにはいられなかった。緋色の軍服を着てクリ色の髪をした長身の男性を……。

彼がいないことを確認して安堵する。

セント・アディントン子爵もいない。

ルーは震えるため息を吐いた。

オーケストラがもう一曲コティヨンを奏で始めた。

ルーは壁に背を押しつけ、壁と一体化しようとした。そこで微動だにせずに長いあいだ立っていたら、大理石の彫像のひとつと化して、みんなに放っておいてもらえるかもしれない。

そのもくろみはうまくいかなかった。

おばに腕をつかまれ、前方に引っ張りだされたために、ルーは数え切れないほどの紳士淑女に膝を折ってお辞儀をしなければならなかった。そのほとんどは彼女をざっと見て、ただうなずくか、お辞儀を返した。

「レディ・ルードミラ」そう声をかけた年配の紳士はノアクロフト卿だった。「あなたのことは覚えていますよ。あなたの父上とわたしは一緒に狩りをした仲間でね。ああ、あの頃が懐かしいなあ」

ルードミラは礼儀としてほほえむべきか、それとも悲しそうな顔をするべきかわからなかった。この紳士が、すでに亡くなった彼女の父と二度と狩りをできないのは悲しいことだ。悩んだ結果、ルーの顔はわずかにしかめ面になった。「そうですか」そう言いながらうなずく。

「ルードミラ！　久しぶりだこと。もう何年もお見かけしなかったから。元気なの？」レディ・ノアクロフトに脇に引っ張っていかれると、ルーは心臓のあたりが奇妙に温かくなるのを感じた。

ノアクロフト夫妻と言葉を交わし、もしかしたら、思ったほどひどいことではないかもしれないと思った。ルーのことを親切に覚えてくれている人もいる。

さらによいことに、だれもダンスを申しこんでこなかった。しかもルーはそれでよかった。音楽の調べは美しく、すぐにつま先で床を叩きそうになるとはいえ、壁の花であることに慣れている。

アネスティナおばと一緒にいるかぎり、あえてルーを鼻であしらう人はいない。しかも、ありがたいことに、ジェシカが一身に注目を集めてくれている。

だれもがなんとなくジェシカのまわりに集まり、紳士たちは意図的に取り囲んでいる。ルーは妹を誇らしげに見守った。アネスティナおばは正しい。ジェシカはシーズンが終わる前に婚約できるだろう。

すぐ隣に、ラタフィア（果汁で風味をつけた甘口のリキュール）を載せた盆を持つ従僕が立っていた。

ルーはグラスをひとつ取った。それをすすりながら、戸口に向けて小幅に一歩横に動き、またもう一歩、またもう一歩と進めば、少しずつ扉に近づき、そして——

「あなたはどこに行こうとしているの、ルードミラ?」おばのタカのような目を逃れられるはずもない。

「鼻におしろいをはたいてきますわ、おばさま」

「いいでしょう。すぐに戻りなさい。次のダンスがもうすぐ始まるわ」おばが人々のほうに視線を走らせた。マーリング家の若者を見かけたわ。あなたと踊るように、彼に言いましょう」おばは彼を脅してルーと踊らせようとするだろう。かわいそうなマーリング。

ルーは唾を飲みこんだ。「はい、おばさま」

グラスを持ったまま、ルーは控え室に逃げこんだ。そこで三十分ほど、次のダンスが終わるまで待っていよう。

その扉を開ける直前、ルーは動きを止めた。中から女性たちのくすくす笑いが聞こえてきたからだ。身繕いをしたり、噂話をしたり、互いを見合って評価したりしているのだ。

ルーの脚は自動的にその戸口を通り過ぎて、廊下を歩きだした。につれ、上靴が滑るように、最初はゆっくり、次第に早く床を移動する。音楽が少しずつ遠ざかる。次の角で曲がる。

音楽とざわめきが聞こえなくなった。

ルーは深く息を吸いこんだ。ああ、ありがたい静寂。

彼女は美術品展示室にいた。片側の壁には肖像画が掛かっている。わし鼻のウィトルバラ家の人々が顔をしかめてルーを見おろしている。

ルーもしかめ面で見返した。その時、展示室の先の方から近づいてくる足音が聞こえた。

なにも考えずに、ルーは左手の最初の扉を開き、音もなく中に滑りこんで閉めた。

周囲を見まわし、自分を褒めてやりたくなった。図書室の中に立っていたからだ。ここならば、舞踏会が終わるまで隠れていられるだろう。真夜中が過ぎたら、姿を現し、おばと帰宅の途につけばいい。なんと完璧な計画でしょう。

ルーは何列も並んだ本棚を見ていった。埃と紙の匂いを吸いこみ、嬉しさに身震いした。ふたつの窓のあいだに背の高い大型の振り子時計が置かれている。これだわ。これこそわが家。指を本の背に滑らせる。ウィトルバラ家の特徴をひとつあげるとすれば、それは図書室の蔵書と言うべきだろう。

ルーは革装丁の本を一冊引きだし、匂いを嗅いでからページを開いた——そして凍りついた。

ほかにもだれかがこの図書室の中にいる。

ルーは息をひそめた。

また聞こえた。

穏やかないびきの音。間違いない。

ルーはそちらに向きを変えて、音を立てないようにつま先立ちで部屋の中ほどに進んだ。

中央にソファがあり、脇に足載せ台がふたつ、コーヒーテーブルがひとつ置いてある。ソファの後ろ側が彼女のほうに向いていた。

ダンス用の留め金がついた靴を履いた長い両脚がソファの肘掛けからぶらさがっている。

完璧な装いをした男性が眠っていた。

セント・アディントン子爵だった。

11

ルーは子爵のハンサムな顔を見おろした。いったい全体なぜこの人がここにいて、しかも寝ているの？　なぜ舞踏会場で彼に気づかなかったのだろう？

その姿に魅了され、ルーは近くで見ようとかがみこんだ。

不謹慎なほどまつげが長い。娘たちが妬むほどくるりと巻きあがっている。ほぼ白に見える金髪のまつげだ。眉毛も同様だった。いったい全体なぜ男性がこんなに美しい眉毛を持てるのだろう？　それに、唇の美しいカーブも。画家に描かれたかのようだ。

この人をアディだと思ったけれど、やはり三年以上文通していたアディとは違う。

「あの不器量な娘にキスをする勇気を奮い起こせないほうに十ギニー賭ける」

彼女のアディはそんな残酷なことは絶対に言わない。

決して。

突然、昔の感情があふれだした。痛みと屈辱、それに加えて、これまで長いあいだ感じたことがないもの、怒りだ。

彼が――アディであろうとなかろうと――、よくもこんなところにいられるわね。わたしにも、過去にわたしにもたらした痛みにも気づかずに、よくも眠れる森の美女のようにここに横たわっていられるものだわ。

ラタフィアのグラスを握りしめていたことをルーはすっかり忘れていた。まだ四分の三くらい入っている。

この部屋にはほかにだれもいない。

恨みを晴らすことができる。

つまらない、とてもとても子どもっぽいことだけど。

小さな笑みが彼女の顔をよぎった。

片手を傾ける。

ラタフィアが彼の顔にしたたり落ちた。鼻の上に、そして目にも。

彼が咳きこみ、叫び声をあげてさっと起きあがると両腕を振りまわした。袖で顔をこすり、悪態をつく。それから目の前に立つルーを見た。「きみか?」

「まあ大変」ルーは優しく言った。

「くそったれ。こんなものをぼくに注ぐとは、いったい全体どうしたんだ?」目から液体を払い、顔をしかめた。

「つまずいてしまったみたい。上靴のせいね。絨毯のちょっと出ていたところに、きっと――」片手はラタフィアがまだ入っているグラスを持ったまま、もう一方の手でどうすることもできなかったというふうに動かした。それを見て彼が、また全身にかけられると思ったのか、さっと後ろにさがった。

「それを置いてくれ」ラタフィアのグラスがこの世でもっとも危険な武器であるかのように怒鳴る。

ルーは笑いを噛み殺した。

「あらゆるものがべとべとだ」彼がぼやいた。ラタフィアが髪からも耳からも首に流れ落ちている。

「家に戻って着替えてこないとだめかしら」ルーは彼が帰らなければならなくても、まったく残念ではなかった。

「きみのことは知っている。貸本屋にいたレディだ」彼が目を細めた。「わざとやったな」

「わたしが？　とんでもない！　そんな疑いをかけるなんて紳士らしからぬことだわ。不慮の災難だったのよ、さっきも言ったとおり。つまずいたの。それについては、本当にごめんなさい」嘘が口をついて出た。「かなりひりひりしますか？」ハンカチを差しだす。

彼はそれをひったくって顔を拭いた。「どうだと思うんだ？　酒だぞ。もちろん、目に注いだら燃えるように痛い」彼は少々赤くなった目でルーをにらみつけた。

「まあ、どうしましょう」ルーの口調は悔いているようにはまったく聞こえなかった。「すぐによくなりますわ。わたしの大おばのミルドレッドがいつも言うんです。目の健康には洗眼器に勝るものなしってね。あらゆる病気を癒やすと言われていますす」

「大おばさまは、目を洗うのに酒を用いたわけではないだろう？」彼は皮肉っぽい声で訊ねた。

ルーは考えこんだ。「ドクター・ロズリーの秘薬を使っていますけれど、たぶんそれにアルコールが少量入っているのではないかしら」

彼がルーを凝視した。「からかっているんだな。ドクター・ロズリーがほら吹きのやぶ医者であることは知っているだろう？　あれで目を洗うのか？　きみのおばさまは頭がおかしいに違いない」彼は言葉を切った。「いま思ったが、頭がおかしいという意味では、きみもそうかもしれない」

ルーはまた怒りがこみあげるのを感じた。「あなたが正しいかもしれないわ。一族に伝わっているのかも。わたしたちウィンドミア家の女性はみんな頭がおかしいのね。舞踏会の最中に人けのない図書室を走りまわったり、眠っている男性をラタフィアで襲ったりする傾向があるのかも」片手を口に押し当てた。自分の名前を彼に告げるつもりはなかったのに。

「ウィンドミア、なるほど？」彼はルーを上から下まで眺めた。「きみが変わったユーモアのセンスの持ち主であることを思いだしてきたよ。きわどい本の好みだけでなく」にやりと笑う。「それとも、本に関する一般的ではない趣味の持ち主はおばさまかな？　そうか、きみはウィンドミアなのか？」

ルーは真っ赤になった。「それは別なおばなんです。母方の」

「ああ、なるほど」彼は眉毛を拭き終えると、なにか考えているかのように濡れたハンカチを眺め、それからたたんでポケットに入れた。「べとべとでびしょぬれのものをそのまま返すのは紳士らしからぬことだろう」

ルーは自分のささやかな復讐を終えたことで、奇妙な気持ちよさを覚えていた。達成感を得るようなものではないが、ルーの中のなにかがふっと軽くなった気がする。楽しいと感じるほどだ。もちろん、十年前に彼が言ったひどい言葉にはとうてい足りない。しかもあの晩彼は泥酔していたから、その言葉自体を完全に忘れているはずだ。それでも、少なくともある程度は仕返しできたとルーは感じた。

　彼がソファにもたれて坐り、脚を組んでルーを見あげ、じっと見つめた。細めたふたつの目が、まるで氷の割れ目のようだ。ルーはかつての自意識と内気さが、マントのように自分を包みこむのを感じた。また同じことだ。評価する目。くだされる判断。〝ウィンドミア家の女性はみんな美しいのに、あなたはねえ……ああ……〟という結論。もちろん、面と向かってそう言う人はいない。彼はルーのことを不器量だと思っている。彼が実際にそう言っていた。胸も豊満でないと考えている。ルーは無意識のうちに胸の前で腕を組んだ。そしてまた、目を開けたまま彼女にキスができるかどうかが賭けの対象になると思っている。

　その記憶にルーは顔を紅潮させた。彼がルーのことを覚えているかどうかわからない。おそらく覚えていない。彼のような男性はつねに女性に囲まれているから、ルーのような存在を覚えているはずがない。しかも、あの晩彼は酔っていた。あの悪ふざけも忘れているだろう。ルーが、彼に将来を台なしにされた多くの女性たちのひとりであるように、あのおふざけもたくさんのうちの一回に過ぎない。

「ウィンドミア家の人々は驚くほど多い」彼が言う。

　ルーは肩をすくめた。図書室で彼とふたりきりでいることを遅ればせながら意識し、落ち着かなくなっていた。おばが探しているかもしれない。おばたちが、セント・アディントンと一緒にいるルーを見つけたら……ルーは身震いした。彼とふたりだけでいるのを見つかるというのは、破滅するだけでなく、社交シーズンが始まる前に終わることを意味する。ほんの一瞬だが、ルーはそれを考えた。その醜聞たるや大変なものになるだろうが、少なくともバースに戻ることができる。そして安らかに過ごし……。

……もちろん、ばかげた考えだ。ジェシカのためにも、そんなことはできない。ルーは結論を出した。自分は二度と卑屈にはならない。二度と恥じたりしない。わたし誇り高く胸を張って生きる。「ええ、たしかに親族は多いかもしれないわ。わたしはレディ・ルードミラ・ウィンドミア。父は先代のアンバーリー公爵です」

彼が警戒の目を向けた。「ということは、レディ・ラザフォードの被後見人？」

「彼女の姪です」

彼は額に皺を寄せた。「では、ヘクターの従姉妹ということか」

「彼をご存じ？」

彼が肩をすくめた。「イートンで一緒だった」

たしかにおばがそのことを話していた。

「あなたはなぜ、舞踏会の真っ最中に図書室で眠っていたの？」

「きみはなぜ、舞踏会の真っ最中に図書室の棚のあいだに隠れていた？ しかも、無防備な紳士の上にラタフィアをぶちまけるとは、ダンスも踊らずに？」彼が言い返す。

「ああ、なるほど。よくわかる。人より本と一緒が好ましいという方だが。事故に関しては――」

ルーは肩をすくめた。「人々とよりも、本と一緒にいるほうが好きな時もあるわ。もうひとつの件に関しては、事故だと説明しました」

「それであなたは？ なぜここにいるの？」ルーは彼の言葉をさえぎった。

「結婚相手探しに熱心な母親たちから逃れるためだ、もちろん」彼は不安げな視線を戸口に向けた。「永久に追ってくる」

ルーはうなずいた。「よくわかるわ。自分を祭壇に引っ張っていきたいと願っている女性たちにいつも囲まれているのは、きっと恐ろしいことでしょう」

「きみはその問題についてかなりわかっているようだ」彼が腕組みをした。「互いにわかり合えているということかな」

「ある意味では」

彼の氷のような青緑色の目と目が合った。なにかが血管を駆けめぐった。なにか強烈な感覚が奥底で燃えあがる。まるで心を奪われたかのように、ルーは視線をそらすことができなかった。

言葉が唇まで出かかる。あなたなの？　あなたはアディなの？　これまでずっと文通していた相手はあなたなの？

ルーは口を開いた。

その時、話し声が聞こえた。どんどん近づいてくる。

「どうしよう！」ルーは驚いて戸口を見やった。もしもだれかが来てルーが悪名高き子爵とふたりだけでここにいるのを見つけたら、なにが起こるかは考えたくもない。醜聞！　ルーの評判！　おばが……おばかどう思うかという考えこそ、ルーを行動に駆りたてた主な要因だった。

つまり、よろよろとあとずさりし、あたりをぐるりと探したあげく、紋織りのカーテンの裏に飛びこんだのだ。

セント・アディントンも同様に考えたらしく、急いで立ちあがると一歩でテーブルを飛び越え、彼女のあとから同じ場所に飛びこんだ。危ういところで、まさにその瞬間に扉が開いた。

「……ここよ。ほら、ここならだれもいないと言ったでしょう？」女性の舌足らずな高い声が言った。「全員がカドリールを踊っているわ」

ルーは顔をしかめてセント・アディントンを見ると、彼も顔をしかめてみせた。くすくす笑いたいというばかげた欲求にとらわれ、ルーは下唇を強く噛んだ。彼が長い指を口に当てる。

「ああ、わたくしはなんて不幸なのかしら」舌足らずの声が続ける。「わたくしたち、どうしたらいいの？」

「最愛の人。ああ、あなたをどれほど慕っていることか！　どれほど恋い焦がれていることか！」

ルーは目を見開いた。

「望みはただひとつ、ああ、なんてことだ！　ぼくと結婚してください」

セント・アディントンが目をくるりとまわして呆れた顔をした。

「できないことはご存じでしょう。わたくしはスタンディッシュと結婚することになっているの」

「あのごろつき！　あの男はあなたにふさわしくない。あなたのすばらしさを理解してさえいない！　あなたはつねに抱かれているべき人だ。繊細で美しい小さな御足が小石ひとつにも触れないように」彼が言う。

ルーは唇をぎゅっと結んで必死にこらえた。頬の筋肉がぴくぴく引きつる。

セント・アディントンの肩も震えている。

「まあ、そうしてくださるの？」女性がため息をつく。

「なにを？」

「わたくしを抱いて運んでくれること。繊細で美しい小さな足が地面につかないように」

笑いをこらえているせいでうるんだ目がセント・アディントンの目と合う。

もしもセント・アディントンがルーの震える唇を片手でふさいでくれなければ、きっと我慢できずにぷっと吹きだしていただろう。

「どうしたらいいんでしょう、わたくしたち、どうしたらいいんでしょう？」

「駆け落ちしよう。グレトナグリーンで結婚するんだ」

「でもどうやって？」

「真夜中に逃げる」

「これから？　舞踏会用のドレスを着たまま、シンデレラのように！」

「とんでもない、だめだ。注意を引かないように、普段用のおとなしいドレスがいい」

「それなら着替えなければ。でも、ダンス用の上靴はこのまま履いておくわ。それをわたくしがなくして、あなたが運んでくださるの」

ルーは笑い出さないようにこらえているせいで死ぬかと思った。涙が顔を流れ落ちる。

「それもだめだ。うまくいかない。あしたは競馬だ。それに無視はできない大金を賭けている。愛する人よ、それが終わってから駆け落ちしよう」

「あなたはわたくしよりも馬を愛しているのね」女性がすねた口調で言う。

「そうではない、最愛の人、誓うよ。それを証明させてくれ」

チュッ、チュッとキスの音がした。

女性がため息をつく。

ルーは動かなくなった。

セント・アディントンの目がからかうようにきらめく。

「これでぼくを信じてくれるね？」

「ええ、信じるわ。では競馬が終わったらグレトナ・グリーンに向かいましょう。でも、お母さまがなんて言うかしら？」

「だれにも言ってはだめだ。秘密にしておかないと」

「なんてわくわくするんでしょう！」

「約束してくれ、愛する人。だれにもなにも言わないと」

「約束するわ」

　図書室が沈黙に包まれた。

　セント・アディントンがルーの口に当てていた手をおろした。ルーは彼の息遣いを、その近さを、そして彼の肉体を感じていた。彼のコロンの香りもした。ミントとジャコウと、なにかルーにはわからない香りが混ざっている。当てられていた彼の手のぬくもりのせいで、唇はいまだにうずいている。目も見開いたまま、彼の目をじっと見つめている。心臓が飛びだしそうなほど打っていたから、この図書室の静けさのなかでは、速い鼓動がきっと彼にも聞こえているに違いない。彼の瞳は見たこともないほど美しい青緑色で、瞳孔のまわりが金色に縁取られていた。その目も驚きで見開かれている。その次の瞬間、彼が忘我の境から覚めたかのように一度二度まばたきをした。

　それから指をあげてカーテンをそっと脇に引いた。「あぶないところだった。きみがもう少しでぼくたちの存在を明かすところだった」彼はそう言いつつ、カーテンの後ろから、だれもいない図書室に出た。

「どうしようもなかったのよ。ふたりの会話があまりにばかげているんですもの」女性の舌足らずの声がよみがえり、ルーはどっと笑いだした。

その時、廊下から聞こえてきた別な音に、ルーは思わず飛びあがった。「だれかほかの人が来る前に、わたしは戻ったほうがよさそう。アネスティナおばが探しているかもしれないし」

セント・アディントンはそっと扉を開けて廊下をのぞいた。「大丈夫だ、だれもいない。ぼくは少しあとから行く」

ふたたび魅力的な笑みで一瞬ほほえみかけられる。

ルーはなにかに蹴つまずいた。

12

ルーが舞踏室に戻ると、そこはさらに混み合い、前よりも暑く、しかも騒々しくなっていた。

おばは勢いよく扇子をあおいでいた。豊満な胸の上部から襟ぐりにかけて汗がきらめいている。「あら、いたわね。どこに行っていたの？ まあいいわ。もうすぐカドリールが始まりますよ。マーリング家の若者は指のあいだから滑り落ちてしまいましたけれどね。いまはミス・スーザン・スターレスと踊っているわ」

「いいんですよ、おばさま。わたしはここで坐って休んでいますわ。疲れてしまったので。それに、わたしと踊るように紳士の方々を脅すべきじゃないわ」ダンスカードはまったく白紙だったから、舞踏会が終わるまでそのままだろう。ルーは壁際に行き、ダンスの相手を得る幸運に恵まれなかったほかのレディたちの隣という定位置の席に腰をおろした。そこが心地よく感じる。ジェシカはセインズベリー卿と踊っている。とても美しい組み合わせだ。

「あれを見てごらんなさい」アネスティナおばが突然つぶやいた。

「なにを？」

「どうやったのかわからないけれど、彼女はセント・アディントン子爵を引っかけたわ」

「だれが？」首を伸ばしたが、混み過ぎていて、子爵の姿は見つけられない。ラタフィアで濡れた上着のままダンスをしているということ？　一抹の罪悪感が湧きおこったが、急いで抑えつけた。

「ミス・フィリッパ・ペドルトンよ」アネスティナおばが鼻を鳴らす。「大した家柄じゃないわ」

その時彼が見えた。どうやったのか、ルーにはまったくわからないが、彼はワイン色の上着に着替え、シャツも洗濯したばかりのようにぱりっとしていた。どの舞踏会にも着替えを持参しているのかもしれないとルーは一瞬考えた。そのあとに、彼と踊っている背が高く、濃茶色の髪で、健康的な歯並びの娘が見えた。健康な歯とわかったのは、彼に笑いかけた時に歯がきらりと光るのが見えたからだ。

ルーは瞬時にその娘を嫌いになった。その感情がルーを困惑させたのは、これまでだれかを嫌いになったことなどなかったからだ。わたしはどうしてしまったの？

彼はもちろん長身で、しかもとても優雅に踊っていた。ルーはそのふたりから目を離すことができなかった。

ダンスが終わると、アネスティナおばは一本指を動かして、彼を招き寄せた。

おばに気づくと彼は片眉を持ちあげ、それからこちらに向かって小さく一礼した。

「おばさま、なにをしているんですか？」ルーは小さい声で抗議した。

「わたくしを信じなさい」おばがしたり顔で言う。

セント・アディントン子爵が彼女たちのほうに歩いてきた。

「レディ・ラザフォード」おばの手を取ってお辞儀をする。

「セント・アディントン、この悪党さん」おばが扇子で彼の腕に触れて科《しな》を作る。

「久しぶりだわねえ。こちらはわたくしの姪、レディ・ルードミラ・ウィンドミア」

彼が、まるで一度も会ったことがないかのように、きわめて礼儀正しくルーの手を取ってお辞儀をした。

ルーも膝を折って身をかがめたが、目は彼の銀色の胴着に釘づけだった。これも前に着ていたのとは明らかに違う。

「ヘクターにはまだ会っていませんが、彼も来ているんですか？」彼が訊ねる声が聞こえた。

「ヘクターは夫婦で田舎に滞在していましたけれど、あしたにはこちらに到着しますよ。土曜日の夜の晩餐には、あなたのこともお待ちしているからと伝えたかったのよ」扇子で彼の腕を叩く。

それは招待というより命令だった。

「喜んでお伺いします」彼がまたお辞儀をした。

「それはそれとして、あなたがた、踊ってきなさい」そう言ってルーを押したので、ルーはよろめいて彼の腕の中に倒れこんだ。

「おばさま！」ルーは真っ赤になり、彼の腕から抜けだそうとした。

「このダンスをお誘いしてもいいですか？」

ルーは彼の笑っている目を見あげた。

どうしよう、このダンスとはワルツだ。カドリールならまだしも、ワルツなんて、どうすれば最後まで踊れるというの？

彼に手をとられ、ダンスフロアに連れだされた。つねに相手がいなかったにもかかわらず、ルーはリズム感がよくて、足捌《さば》きも軽かったから、踊るのはうまかった。とはいえ、セント・アディントンとでは、とてもダンスに集中できない。しかも上流階級の人々全員の視線がダンスフロアに注がれているのをひしひしと感じる。踊りながらそばを過ぎるふたりを、柄つき眼鏡を持ちあげてじろじろ眺めた年配の女性もひとりやふたりではなかった。主に女性たちのささやき声が周囲に充満し、嫉妬に満ちた視線が突き刺さる。ルーは彼と踊っているのではなく、どこか他の場所にいられたらと心底願った。とりわけ、彼が優しい雰囲気を醸し、いい香りを漂わせているいまはここにいたくない。

ミントとジャコウ。

実にかぐわしい組み合わせ。

「ごめんなさい」ルーは思わず言った。

「ラタフィアをぼくに注いだことか？」彼は顔の筋肉ひとつ変えなかった。

「いいえ、というか、あれは事故だったんです。なんど繰り返さなければならないの？」

「いくらでも好きなように反論すればいい。きみがわざとやったことはわかっている」

「あなたは本当に憎らしい人だわ。そのことはご存じ？　それより、わたしが謝ったのはおばのこと。時々ものすごく押しが強くなるから」

「わかっている。ヘクターとぼくが子どもの時から彼女のことは知っている」

マシューとも友人だったことを思いだし、ルーは目を細めて彼を見た。あの事件を彼が覚えているかどうかわからない。彼に思いださせるべきかどうかを考える。

「怒った顔をしているね。きみの怒りを招くようなことをぼくはなにかしただろうか？」彼が訊ねた。その機嫌を取るような口調に、ルーのしかめ面がますます深まった。

「ダンスをしたくないせいだと思いますけれど」彼に完璧な曲線でまわされながらルーは言った。「でも、おばの頭がどう動いているのか、ようやくわかってきたわ。つまり、あなたとダンスをすることについて。奇妙な逆説なのね。かたや、不細工なレディ・ルードミラがもはや壁の花ではないとほかの人たちに見せるのはとてもよいこと。見てちょうだい、彼女が子爵とダンスしているわ、とね。でももう一方で、あまり長いあいだふたりだけでいたり、あるいは二度目のダンスをしたりするのを見られるのは、スキャンダルという結果につながる。皆さんのお考えも、社交界の暗黙のルールもとても奇妙だわ、そう思わない？」

セント・アディントンはすぐに理解した。「ぼくのひどく不道徳な評判のために、ということだな」彼が少し目を細めてルーを見おろした。

「それはあなたの言葉でわたしが言ったわけじゃないわ。月の裏側に住んでるのでない限り、あなたの評判は皆さんご存知だもの」

「きみの率直さは新鮮で心地よい。だが、ある点に関しては間違っている」

「そうかしら？」

「きみは少しも不細工じゃない」

ルーはふんと鼻を鳴らした。「もちろん、あなたがそう言うならそうでしょう」

「なぜそんなふうに言う、レディ・ルードミラ？　ぼくが正直に言っていると信じられないのか？」

「ええ、信じられないわ。なぜなら、あなたはふたつの特質も持っているから。ひとつは、生まれながらの女たらし。ゆえに、わたしはあなたの褒め言葉を真面目に受けとらないようにする必要がある。ふたつ、あなたは反論するために反論する。それがあなたのやりたいことだと気がついたの。わたしがもしもおばのドレスがブルーだと言ったら、あなたは違う、ピンクだと言うでしょう」

彼はわざと怒った表情を浮かべた。「それは異議を申し立てないわけにはいかない。たしかに、色のセンスはひどいかもしれない。とくにファッションについてはそうだが、色がわからないわけではない！　ついでながら、ぼくの新しいワインレッドの上着はどう思う？　ワインレッドにしようか、濃紺色にしようか決めかねて、両方持ってきたのだが、それがもっとも幸運な決断だったわけだ。とりわけきみの悪意ある襲《しゅう》げ……つまり事故のあとは。だが、脇道にそれた。きみの二番目の非難に関してだが、きみはぼくをもっとも暗い、もっとも紳士的でない色に塗っているようだ。真の紳士はつねにレディに同意するものだからね」

ルーはまた鼻を鳴らした。「いまもあなたはわたしに同意していないじゃないの」

彼の見おろしている目に笑いがよぎった。「きみが次に言うことがわかるよ。だからぼくは紳士ではない、そうだろう？」

ルーは顔を赤くした。「話題を変えて、もっとおもしろいことを話しましょう。図書室のおふたりはどなただと思う？」

「この話題がきみを困惑させているわけか？　ぼくは正直に話しているのだが。まあいい。では、そちらの話をしよう。男性のほうはエウスタキオ・スティルトン卿だと思う。レディがだれかはまったくわからない。彼女に会う幸運にはこれまで恵まれていないのでね」

ルーは顔をしかめた。「彼女はたぶんレディ・シンシア・ヴァンヒールでしょう。あの舌たらずの子どもっぽい話し方は特徴的だから。あのふたりについて、なにかすべきだと思います？」

彼がルーを見おろした。「きみはふたりの情事に干渉したいのか？」

「いいえ。でも、駆け落ちすると話していたわ」

「だから？」

「だから？」頭をあげる。「彼女の評判は修復不能なまでに損なわれるでしょう」

彼はルーを一回転まわすという難題をこなしながら、みごとに肩をすくめてみせた。「女性のほうがこの情事に乗り気なのだから、なにが問題なのかぼくにはわからない」

「放蕩者が言いそうなこと」ルーは思わずつぶやき、はっとして言葉を呑みこんだ。

「たしかに」彼の目にまた氷のようなきらめきが宿った。

「そんな悪い意味で言ったのではないんです」ルーは急いで言った。「謝ります」

「謝る必要はない。たしかに的を射ている。我々は不道徳なことをする傾向がある。放蕩者がという意味だが」彼がかがんでつぶやいた。「ぼくは舞踏会のダンスフロアで女性たちを誘惑することで有名だ、知ってのとおり」

「だから、いまはわたしをからかっているのね。まあ、そうされて当然かもしれないけれど」

「そういうことだ」

ルーは考えこんだ。「でも、あなたの悪徳の評判やその他もろもろの話はすべて、ただの噂に過ぎないのよね。まあ、わかったわ！　おそらくあなたがわざとあおっているのね、そうでしょう？　噂になるように。計算された策略なのね。結婚相手探しに忙しい母親たちを食いとめておくための」

彼がルーの耳元でささやいた。「それを本当に知りたいのか？」

ルーは彼の足を踏みつけた。

「ぼくの繊細で美しい足を踏んづけたな」彼が文句を言う。

ルーは耐えきれずに吹きだした。


帰宅の馬車の中でもルーはまだ笑っていた。

アネスティナおばが首を振った。

「この人、どうしてしまったかしら、おばさま？」ジェシカがルーの両手をつかんで、落ち着かせようとその手を軽く叩いた。「ずっと笑い続けているわ。いつもと全然違うみたい」

「今シーズンでもっとも望ましい独身男性のひとりとワルツを踊ったことによる、年増独身女性の安堵の笑いですよ。彼はたったふたりとしか踊らなかったのだから。ひとりはあのペドルトンの娘さん、でも彼女は数に入らないし、あとはここにいる、わたくしたちのルードミラですからね」おばが笑みを浮かべて座席にもたれた。

「今夜の会について、わたくしは大変満足ですよ。この舞踏会は大成功でしたね。まずひとつ、摂政皇太子殿下があなたを選んだこと、ジェシカ。わたくしの言うことが正しかったわ。そのあとは、あなたの手を求めてあまたの紳士方が群がったでしょう？　そして、いま頃はセント・アディントンがルードミラと踊った話が街じゅうを巡っているはず。次の舞踏会では、たくさんの男性たちがルードミラの手を獲得しようと必死になりますよ。勝利のらっぱの甘い響きが聞こえるわ。天使たちが歌っている。ああ！　大勝利！　よくやったわ、あなたがた。本当によくやったわ」

ルーとジェシカは驚いて顔を見合わせた。

そしてルーはまたどっと笑いだした。

13

セント・アディントン子爵エイドリアンはロンドンの街路を歩きながら、レディ・ルードミラ・ウィンドミアの謎について考えていた。彼はクラブや舞踏会のあとは歩いて帰宅し、新鮮な夜の空気で頭をすっきりさせるのが好きだった。きびきびと歩くことが考える助けになる。

これまでは確信が持てなかった。先日、貸本屋で出会ったあと、やはり彼女に前に会ったことがあると思った。なんとなく見覚えがあった。そして、きょうの事件(くそっ、あれは何だったんだ?)とそのあとのワルツを経てようやく確信に至った。

以前、実際に出会ったことがある。

しかしどこで? それにいつだ?

もちろん、それは彼がしばしば感じる難題だ。見覚えはあるが、だれだったかわからない。かつてオペラの踊り子を、セシリアという名前なのに、ベリンダと呼びかけたことがあって、激しい平手打ちをこうむった。ベリンダは別な娘だった。くそっ、なまじ見覚えがあったせいで間違えた。そもそも、ほとんど同じように見える娘たちの顔と名前をどうすれば区別できるというのか？　同じようなボンネットをかぶり、同じ髪型をしている。ふん。

　だが、レディ・ルードミラは本来ならば目に入らない存在だ。注目されるのを恐れ、壁紙か家具の中に雲隠れしたがっているような印象を受けた。短くて細い黒髪が、頬骨の目だつ輪郭を囲っていた。頭を傾げる癖があり、彼を見つめる様子はまるでスズメのようだった。たしかに、美人ではない。だが、自分で言っていたような不器量ではないし、地味とも言えない。むしろ印象的な女性だと彼は思った。大きくて知的な茶色の瞳は、彼女の中を通り抜けるあらゆる感情をいちいち映しだしていた。そのことに本人が気づいているかどうかは疑問だ。考えこんでいる表情が、一瞬のうちに内気になったり、ひょうきんになったり、怒ったり、それも驚くほど激しい怒りに変化したりする。目が怒りできらめいている時に、美人と形容してもいいほど美しく見えることを彼女自身は知っているだろうか？

　くそっ、絶対に前に見たことがある。

　同じ表情は一秒と続かずに移り変わっていく。しかしその目の奥底には深く傷ついて、うちひしがれたなにかが存在していた。とがめるような表情だ。

落ち着きない気持ちで足を踏み変えながら、彼は記憶を探った。

どこでだ？　いつ？

最近ではない。

記憶の底から、白いドレスを着たほっそりした姿が浮かびあがった。あどけない様子。ほとんど子どもだ。大きくて濃い瞳。彼の視線と合ったその目は傷つき、衝撃を受け、そして責めていた。

エイドリアンは通りで足を止め、思いっきり殴られたかのようにののしり声をあげた。

なんてことだ！　彼女はあの娘か？　マシューを金貸しから救うはずだったあの金持ち令嬢か？

名前はなんだったか？　たしか公爵令嬢だった。ウィンドミアだったに違いない。

彼はうなった。

遠い昔のことだったから、いまのいままでまったく忘れていた。正確な状況がどうだったか忘れたが、あの時もあの呪われたウィトルバラの舞踏会ではなかったか？　マシューに賭けを持ちかけたのでは？　彼と友人たちがよくやっていたことだ。若くて愚かで向こう見ずで酒に酔った時はとりわけひどかった。世の中のすべてを賭けの対象にしながら時間を無駄に過ごしていたわけだ。それがおもしろいと思っていた。窓ガラスに何匹のハエがぶつかってつぶれるかといった愚かしいことに賭けた。あるいは、クラブの玄関前の石段で酔い潰れた紳士が何人転げ落ちるかにも賭けた（それは彼が勝った）。

エイドリアンは必死に記憶をたどった。マシューがあの娘にキスできるかどうかについて、賭けを挑んだはずだ。正確な言葉は思いだせないが。彼はたじろいだ。いかにも無分別で愚かなことだ。無神経で残酷でもある。彼にとってはほかと同じただの賭けだったが、彼女の評判を破滅させかねないことだ。だが、そんなことはなにも考えなかった。それから顔をあげると、そこに彼女が立っていた。いったい全体、彼女はあそこでなにをしていたんだ？

あの時は、彼女の非難と苦痛に満ちたまなざしに全身を貫かれ、大酒を飲んでいたにもかかわらず、瞬時に酔いが覚めた。すぐに、彼女がすべての言葉を聞いたとわかった。そして、その無垢な娘を深く傷つけたと気づいた。

すぐに自分が言った言葉を悔いた。マシューに、彼のすぐ背後に彼女が立っていることを知らせるべきかどうか考えた。なぜなら、あの愚か者はまったく無頓着にその賭けを続けながら、その娘は不細工すぎて好みに合わないから、ただ持参金のためだけに結婚したいと吹聴していたからだ。そして、自分もそんなマシューをあおりたてていた。エイドリアンはぞっとした。

彼女は一言一句すべてを耳にしたのだ。

彼がマシューに黙れと言おうとした時、娘はくるりと向きを変え、彼らの前から姿を消した。

それから二度と彼女に会うことはなかった。

マシューもそうだ。

マシューは、彼が狙いを定めた遺産相続人が跡形もなく消えたあと、わけがわからなかったせいで不機嫌になった。せっかく選んだ花嫁候補が彼らの会話を立ち聞きし、マシューが彼女の金にしか関心がないと知ったことを、エイドリアンはあえて彼には伝えなかった。巻きこまれたくなかったからだ。自分とは関係のない話だ。

しかも、マシューは傷つきもしなかった。すぐにミス・イヴリン・スコンダビーに矛先を向けた。男爵令嬢で、やはり高額の持参金つきだった。一カ月も経たないうちにその娘と結婚し、ブリストルに移住した。それが、彼の昔の友人の消息を聞いた最後だった。そしてこれまで、その事件を完全に忘れていた。

悪態をつきながら、エイドリアンは通りを歩き続けた。厄災と不運と星回りの悪い偶然すべてのせいだ。彼女が彼の目にラタフィアを注いだのも当然だ。彼女がブランデーやウイスキーを注がなくて幸運だったと思うべきだろう。当然ながら、ワルツの時もひどく怒っていたはずだ。しかし、貸本屋で最初に出会った時は怒っていなかった。心ここにあらずの様子で、窓から外を眺めていた。困惑した様子がかわいらしかった。なぜ怒っていなかったのか?

「ばかだ、ばかだ、ばかだ」セント・アディントンはつぶやいた。脳みそを壁に叩きつけたような感じだった。

次に顔をあげた時、自分がどの家の前に立っているか気づいた。

脚が自動的に彼をコヴェントガーデンの特別な家に連れてきていた。

「なんとすばらしい」彼はつぶやき、石段をのぼると、真鍮のノッカーを扉に打ちつけた。

なんらかの気晴らしがどうしても必要だった。

14

親愛なるアディへ

ルーはそう書くと筆を止めた。前夜のできごとを思いだし、顔に笑みを浮かべてぼんやり空を見つめる。

頭を振った。

アディ。

アディに手紙を書きたかった。

便箋を見おろし、顔をしかめる。以前には可能性さえ考えなかったことが起こった。アディになんと書いたらいいかわからない。

彼に話すべきだろうか？

ルーの思いはふたたびセント・アディントンに向かった。面と向かって率直に訊ねるべきだろうか？　二日後の晩餐に来ることになっている。フォアグラの皿越しに彼に訊ねるところを想像した。「そうそう、ついでにお訊ねしますが、同じお宅にアディという方が住んでおられます？　手紙を書くのがお好きだと思うのですが」

それに対して、彼の答えは三通り考えられる。
一、そんな名前は聞いたこともない。
二、彼はうちの副執事だ。
三、きみはまさに彼を見ているんだよ。
一番と二番の場合は問題が多い。次から次へと質問が続くことになるからだ。「知らない。いったい全体だれなんだ？」あるいは、「そうだ、うちの副執事だが。なぜうちの家庭内のことをきみが知っているのかな？」そうなれば、ルーは窮地に陥る。不適切な文通のことを告白しなければならないが、それはできない。

とはいえ、三番は紛れもなく大惨事と言えよう。ルーがロンドンでもっとも望ましい独身男性――それも醜聞にまみれた子爵――と秘密裡に文通をしていたと知られたら、ルーの評判にとっては命取りとなる。なんという醜聞！

おばは無理やりふたりを結婚させようとするだろう。

ルーは身震いした。ひとつだけ確実なことがある。彼とは絶対に結婚しない。彼が友人たちと賭けごとをしている様子を目の当たりにした。最悪の状態の彼を見ている。彼がどんなことができるかを知っている。セント・アディントン子爵はその評判のとおり、すべてが残酷で冷淡だ。一瞬にして娘の人生を破滅させられる。ルーの人生を破滅させたように。

もちろん、公正を期すために言うと、破滅させたのはマシューであり、子爵はそれを明らかにしただけだ。むしろ、ルーはマシューに対して怒り、子爵には感謝すべきかもしれない。財産目当てだと吹聴していたのはマシューであり、それは子爵の咎ではない……それでもなぜか、すべてを彼のせいにするほうがずっとたやすく感じられた。

心の奥底で、彼を身代わりにするのは不当だとわかっていた。

ルーはペンを投げだし、ため息をついた。インクが紙に飛び散る。これでまた最初から書き直さなければならない。

自分はあまりに混乱している！

セント・アディントン子爵がアディかもしれないと思っただけで、口が渇き、胸がどきどきする。ルーは額に皺を寄せ、どうするべきか考えた。このままなにもしないのは臆病過ぎる。ひとりのおとなとして彼と向き合うべきだ。謎のままにしておくのではなく、かくれんぼをやり続けるのでもなく、彼に明らかにさせるべきだ。

アディに訪問してもらおう。一般的に人々がやっているように。なにも問題ではないでしょう？

ルーは胸をどきどきさせながら、ふたたびペンを取った。初めてきちんと署名する。ロンドン、グロヴナースクエア、ラザフォードハウス。レディ・ルードミラ・ウィンドミア。自分の名前と住所を正直に書く。

そうすれば、彼はすぐ翌日には訪問してくるだろう。

ふたりはおばの客間でお茶を飲み、丁重な会話を交わすだろう。

それを考えただけで不安になった。

それだけのことなのに、なぜこれほど抵抗を感じるのだろう？

ルーは途方に暮れて頭を振った。

またペンを放りだし、紙をくしゃくしゃに丸めると、椅子を後ろに押して立ちあがり、夕食のために着替えをした。

臆病者、自分を叱る。

臆病者。

15

ルーは夕食会のためにグレーのチェックの古いドレスと泥色のショールを選びたかった。あれなら安心だ。質素で人々の目に映らない。しかし、アネスティナおばはその選択をよしとしなかった。

「セージグリーンのサテンのドレスを着なさい」おばが命じた。

美しいドレスだった。白いレースを二重に重ね、裾にも縁飾りをしてある。軽やかなショールと真珠の飾りをつければ、退屈な年増の独身女性のようには見えないと自分でも思った。

ルーの頬はなにもしなくてもほんのり赤く（緊張で神経が高ぶっているせいに違いない）、茶色の瞳は優しく夢見るようだった。

「とても美しく見えるわ」姉を見て、ジェシカがきっぱりと請け合った。「あなたもやっぱりウィンドミアの美しさを備えていたのね。ただ少し違うだけ。一見しただけでなく、見直すことでわかる美しさなのね」

「まあ、なにをばかなことを、ジェシカ。でもありがとう。そう言ってくれてやさしいのね」

ジェシカ自身は白いレースとピンク色のサテンのドレスを着て目をみはるほど美しかった。頬はピンク色に染まり、瞳は興奮できらきら輝いている。ルーはふと、ジェシカがこのところ、いつも興奮していることに思い当たった。恋していると言っていた？　相手はだれだろうとルーはいぶかった。舞踏会でダンスをする紳士たちのだれかにとくに好意的に接しているようには見えない。あとでその話をするのを忘れないようにしよう。

そのあいだも、ルーの足はじっとしていなかった。勝手に床を軽く叩いている。足をじっとさせようとがんばると、今度は指がテーブルを叩きだした。室内が暑かったのでショールを取った。そこでふいに露出し過ぎていると感じ、襟ぐりが隠れるようにまたショールを掛けた。いやになっちゃう。ただの夕食会だ。なぜこんなに神経質になっているの？

社交が好きではないからだ、もちろん。

セント・アディントン子爵もやってくる。おばの招待に対する彼の承諾がその場だけの返事だったのか、実際に来るのか、ルーには確信がなかった。おばにも聞けなかった。

いずれにせよ、アネスティナおばの〝小規模な夕食会〟は結局大規模な晩餐会であることが判明した。

従兄弟のヘクター、すなわち現在のアンバーリー公爵が妻のミランダとともにかなり早く到着し、ほかのウィンドミア家の人々も、数えきれないほど多かったが、始まる少し前にやってきた。アネスティナおばはこの国の貴族とその夫人、とくに公爵と伯爵のほとんどを招待したに違いない。

ヘクターは汗ばんだ手でルーの手を取り、彼の家をぜひ訪ねてきてほしいと堅苦しい口調で言った。いつでも。ルーは、行き遅れ独身女性がふたりも家にいては大変困ると彼が言うのを小耳に挟んだけれど、と答えたい衝動にかられた。ウィッスルソープパークは父が亡くなるまでは彼女の家だったわけで、ヘクターのおかげで出ていかざるを得なかったと。でも、仕方がない。そういうものなのだ。ルーは唇をぎゅっと閉じて無理にほほえんだせいでひきつった顔を、ミランダのほうに向けた。

普段なら、多少退屈な人ではあるものの、ミランダのことを嫌いではない。だが、彼女がしゃべろうとしているのが、ルーの――失礼――彼らの家で行っている改修に関する詳細だと気づき、いっきに心が沈んだ。

「湖の中のあの汚い古い建物を解体中なのよ。そして、代わりに橋を掛ける予定なの」橋の形を示すかのようにミランダは両手を空中で大きく動かした。

魔法の島のあの建物。子どもの頃、ルーのお気に入りの場所だった。人々から逃げたい時の秘密の隠れ家だった。その島にはボートを漕いで行くしかない。建物はたしかに新しくはない。それは認めるし、たしかになかば苔で覆われて廃墟のようだったが、それはわざとそう見えるように建ててあったからだ。ルーの祖父が祖母のために、結婚二十周年の記念に建てたものだった。祖父母は深く愛し合っていた。ルーは廃墟の中に隠れて本を読んだり、ビスケットを食べたりするのが好きで、あとはたいてい空想にふけっていた。そしていまミランダはその建物を解体し、あの小さな湖に橋をかける話をしている。

ルーはわっと泣きだしたくなった。しかしそうはせずに、歯を食いしばり、顔に笑みを貼りつけてうなずいた。

「居間や客間も模様替えしているところなの。あと、中国の間もね。恐ろしいほど醜いでしょう？　だから、あの中国風の奇妙な家具と花瓶を全部しまって、あそこも応接間に変えるつもり」

「でも、ウィッスルソープパークにはすでに応接間が十部屋もあるわ」ルーは指摘せずにはいられなかった。「なぜ十一番目が必要なのかしら？」

「たしかにそうだけど、どれも全部が暗くてわびしい色合いでしょう？　わたしは明るくてきれいで幸せな色合いが好きなの。あざやかな藤色とか。とても美しい色だと思いません？　最新流行なのよ。すべてを藤色にしたところを想像してみて。壁紙とソファと絨毯とカーテンをみんな統一させるの。モクレンの柄を使ってね。わたしの特別な場所になるでしょう。わたしだけの藤色の客間」

藤色！　なんてこと。中国の間がむしろ博物館並みであることについては、たしかにミランダが正しい。その部屋はさまざまな小物や家具や花瓶や絵画や仮面の飾り場所になって、それはどれも祖父が極東の旅から持ち帰ったものだ。ルーの大好きな部屋のひとつで、みずから埃を払い、使用人たちにはなにひとつ触れさせなかった。あの貴重な記念品の数々をミランダはどうしようというのだろう？　屋根裏部屋に追放する？　そもそもミランダは、あの明朝の花瓶がどれほど貴重かわかっているだろうか？　あの韓国の青磁の皿は？　苛立ちのあまり怒鳴ってもいいだろうか？　ルーはもう一度舌を強く噛んだ。口の中に血が広がって銅のような味がした。

唾を飲みこむ。

彼女の家はもはや彼女の家ではないと、新しいアンバーリー公爵夫人であるミランダがやりたいようにやる権利があると自分に言い聞かせた。全部の部屋を藤色や紫色やピンクで塗って、黄色い水玉を描いたとしても勝手だ。でも、ああ、ルーの心は――そして舌も――血を流している！

招待客がひとり、またひとりと到着し始めたが、ルーの気持ちはすでに落ちこみ、先ほどの不安がふたたび高まっていた。部屋の中にあまりに多くの人々がいる。空気はあまりに重くよどんでいる。あまりに多くの物珍しそうな視線がルーに向けられる。

なにか言い訳を作って逃げだせるだろうか。片頭痛がひどくてと断って、引きこもることはできる。半分は事実だ。でも、扉はまた開き、さらに招待客が到着した。この食堂にどうやればその全員がおさまるのかルーには謎だった。ため息をつき、ルーは気持ちを震いたたせた。

「セント・アディントン、古い悪友よ、おまえのみにくい顔が見られて嬉しいぞ」ヘクターがセント・アディントン子爵の背中を勢いよく叩いた。子爵がヘクターの背中を同じ強さで叩き返した。

「アンバーリー、この悪たれ野郎。おまえのおぞましい渋面は変わっていないな。

来られて嬉しいよ」

男たちは互いの愛情を奇妙なやり方で示すものだとルーは思った。

子爵はミランダの手にキスをし、ミランダは作り笑いをした。

それから彼はアネスティナおばのほうに向いた。「レディ・ラザフォード。この部屋で一番お美しい」彼女の手の上でつぶやく。

「そうだとしたら、あなたは英国一の悪党だわね。その致命的な魅力を、喜ぶ人たちに向けてちょうだい」

「あなたはぼくの心を傷つける」彼は心臓のあたりに手を当ててほほえんだ。

「やっぱり悪党」アネスティナおばが目をぱちぱちさせる。

なんと、アネスティナおばが流し目を送っている。

ルーはあっけに取られた。

その時、彼がこちらを向いた。その瞬間、ルーは自分が困った状況に陥ったと悟った。

「レディ・ルードミラ」

彼はルーの手にキスをしたに違いない。なぜなら、手の甲がうずいているから。

そして、自分は脚を折ってお辞儀をしたに違いない。そうするように教えられているから。

でも、わからない。どうやら、脳みそはどろどろのものに変わり、骨はすべて溶けてしまったらしい。口ごもると、彼の唇が曲がって笑みになった。

「ありがたいことに、きみのおばさまはラタフィアを全部追放したようだ。その代わりにシャンパンの襲撃に備えるべきかな」ルーの耳元で彼がささやく。

「もちろん、そんなことありません」ルーはまた口ごもった。なぜかわからないが、いつもの機知に完全に見捨てられたらしい。

昼食の時までに、ルーはなんとか平静を取り戻していた。

そしてそれはデザートの時に起こった。

従僕がクリスタルのグラスに入ったシラバブ（泡立てたミルクにワインや砂糖を混ぜた飲み物）を配っていた。ルーは自分のシラバブをスプーンですくうことに集中した。

子爵に非常に重要な質問をしたかったが、やっとその時が来たと思った。彼はルーの向かい側に坐っていて、食事のお相手となった隣席のレディ・バリントンをお愛想でもてなし、彼の少なくとも二倍の年齢のレディ・バリントンは心底嬉しそうにはしゃいでいる。これから子爵にするつもりの質問についてこれほど心配していなければ、ルーもきっとおもしろがっただろう。

ふたりはドルリーレーン劇場の最新の演劇について話していた。ルーは心臓をどきどきさせながら、彼らの会話が終わって疑問を提示できるようになるのを待った。舌で唇を湿らせる。

その時、ヘクターが食卓の向こうから大きい声で呼びかけた。「なあ、セント・アディントン、アディはどうして今夜、ここに来ていないんだ？　招待されているはずだが。そうですよね、おばさま？」

ルーが落としたスプーンがかちゃりと音を立てた。

「もちろんご招待しましたよ。でも欠席のお返事でした。ウィトルバラの舞踏会にもいらしていなかったけれど」おばが答える。「彼にしては冷たいわね。そのおかげで席次表を作り直さなければなりませんでしたよ」

「あいにく従兄弟は気分がすぐれなくて」子爵がマデイラ酒のグラスを飲み干した。

「まあ気の毒に。なんの病気かしら？」レディ・バリントンの口調は心配そうだったが、子爵に向けた目は相変わらずぱちぱちさせている。

子爵が肩をすくめた。「熱が出たんです。おそらく流行りの風邪でしょう」

「まあ、流行り風邪を治すものを知っているわ。ドクター・ロズリーの万能薬。彼はあれを試したかしら？」

「ドクター・ロズリーがやぶ医者なことはみんな知っていますよ」ルーのおばが口を挟む。「アディに試さないように言いなさい、セント・アディントン。必要なのは休息よ」

ルーはシラバブにむせた。

「これは、レディ・ルードミラ、大丈夫ですか？」子爵が訊ねる。

ルーの咳は止まらなかった。グラスに入った水をごくりと飲みこむ。

会話は続き、レディ・バリントンが風邪を治す薬の長いリストを次々と解説し続けた。その中にはドクター・ペイトマンの肺病の薬や東洋の野菜のシロップも入っていた。

「従兄弟さんがいらっしゃるのですか――アディという名前の？」ルーが唐突に訊ねた質問に、セント・アディントンはあっけにとられたようだった。

「ああ、アダム・アディという従兄弟だ」

「ブルトンストリートにもう長く一緒に住んでいるんですか？」

セント・アディントンは赤ワインをひと口すすった。「三年ほど」

三年。ちょうど互いに手紙を書いてきた期間だ。

アダム・アディ《Adey》。

アディ《Addy》。
彼の従兄弟。
セント・アディントン子爵と同じ家に住んでいる。
わたしはすべてを取り違えていたらしい。

16

ルーはピアノのそばに坐り、ジェシカがとても上手に弾き終えたばかりのモーツァルトのメヌエットの譜面をなにも考えずにただぱらぱらとめくっていた。ルー自身はあまりうまく弾けないからと言ってあったが、それは真実ではなかった。でも、絶対に演奏をしたくなかったので、みんなには下手だと伝えてあった。そしてどういうわけかみんなそれを信じていた。

「奇妙なほど静かにしているね、レディ・ルードミラ」低い声がルーの耳元でささやいた。ルーは飛びあがった。

セント・アディントン子爵がシャンパンのグラスをピアノの上に置き、ルーの隣のベンチに坐った。指をピアノの鍵盤にしなやかに走らせる。楽しい小曲だったが、ルーは知らない曲だった。

「どうかしたのか？」彼が訊ねる。

「なんでもないわ。少しぼうっとしていただけ。そういえば、図書室の男性はスティルトン卿だと確認できました？」

「いや。とくに興味が持てないこともあってね。それよりもっと関心があるのは――」そう言いながらじっと見つめられると、ルーは溶けてしまうような感覚を覚えた。

「関心があるのは？」息もできずに訊ねる。

「ぼくの目の前にあるものに。現時点では」彼が冗談のようなさりげない口調で言う。

「なに――それはなんですか？」

彼はシャンパンのグラスを取って高く掲げ、ひと口すると、グラス越しにルーの目をじっと見つめた。

こんなところで巧妙に誘いをかけるとは、なんて軽薄な放蕩者だろう！

「それはおばのとっておきのシャンパンですわ。あなたが気に入ったとおばに伝えましょう」

彼の瞳に笑いがよぎった。

なぜかわからないが、彼がアディではないとわかって、ルーは失望と安堵の両方を感じていた。もちろん、安堵のほうが優勢だ。実際、自意識による恥ずかしさは消滅した気がする。子爵は放蕩者なのだから、彼がルーに誘いをかけようがかけまいが、気にする必要はない。ジェシカにまで思わせぶりなことを言い、彼女の顔を赤らめさせたのだから。男性たちの誘いかけに慣れているジェシカが赤くなるのはけっこうすごいことだ。

子爵はアディではない。ゆえに、彼がルーのことをどう思おうとかまわない。彼がわたしをウィンドミア家の娘なのに不細工だと思っていることは知っている。

自分がそれさえ気にしていないことにルーは気がついた。

片腕を載せてピアノにもたれている彼の顔を観察する。目は深くくぼんでいる。眉毛は変わっていると言ってもいいほど明るい白色で、鼻筋が通り、口角をあげると、女性的と言えるほど美しい笑みが現れる。額には金色の巻き毛がかかっている。精悍な顎の真ん中には小さいくぼみがある。前に一度、大英博物館でアレキサンダー大王の胸像を見たことがある。もしかしたらセント・アディントンがモデルになったのかもしれないとルーは思った。

「なぜそんなことをするんです？」なにも考えないうちにその言葉が唇から転がりだした。

「なにを？」彼がシャンパングラスをあげた。「この部屋で一番美しいレディ、彼女はたまたまぼくの前にいるのだが、そのレディの顔を赤らめさせていることか？」

「まあ、変なこと言わないで。そのおふざけを一瞬でも脇に置いておけないんですか？　ありがとう。わたしが言うのはまさにそのことよ。軽薄な戯れと関係のないことは考えられないようなふりをする」

「それが挑戦だからね」彼が認める。「この部屋にこれだけ美しい女性がたくさんいるのに、ほかになにをするというんだ？」

ルーは顔をそむけ、苛立ちをこめてふんと鼻を鳴らした。

「とはいえ、きみのように洞察力と知性を持った人はほかにひとりもいないが」

ルーは立ちあがった。

「坐ってくれ、レディ・ルードミラ。ぼくの褒め言葉が、それが正直な意見であっても、きみを苛立たせるようだ。ところで、『想像上の姦淫者』を読む時間はあったのかい？」

ルーは顔をしかめた。『想像上の姦淫者』など絶対に読みたくなかったが、歯を食いしばって読んだ。「全然好きにはなれなかったわ。言葉が古過ぎて、筋がまったく理解できなかったの。あなたが読めばとても楽しめると思うけれど」

「そうなのか？　なぜそう思うんだ？」

「登場するのは窮地に陥った乙女、海賊、奴隷、そして、ヒーローは物語の半分ほどで死んでしまうのだけど、異なる変装で三回も再登場し、最後にヒロインと涙の再会を果たすのよ」ルーは目をくるりとまわしてみせた。「ゆえに、題名が『想像上の姦淫者』となっているのね。でも、ヒロインは一度も不義を犯していないわけ。とてもみだらな話だったわ」

「みだらね、すばらしい。まさにぼくのための本のようだ。きみが筋書きをばらしてしまったが」

「考えてみると、あなたはヒーローと共通点があるように思えるわ。どちらも仮面をかぶっている」

彼の目がきらめいた。「なるほど？」

「性格的にも似たところがあるかも。でも、それはどうぞご自分で発見してくださいな。喜んでお貸ししますわ」

彼が胸に手を当てた。「きみが読んだ本を読めるのは光栄だ。もちろんぼくの場合は、読むというのは挿絵を眺めることだが」

ルーは小さく笑った。「もちろんそうでしょう。でも、教えてくださいな。あなたの従兄弟のミスター・アディ。彼は読書がお好き？」

「アダムか？　ああ、好きだ。明けても暮れても本ばかり読んでいる。読書と書くこと以外はなにもしない。家から出ていかせるのも難しい。劇場は別だが。観劇には多大な情熱を注いでいる」

ルーはうなずいた。もちろんそうだろう。アディは劇場に行くのが好きなだけでなく、戯曲についても本当によく知っている。とくにシェイクスピア。

「どうか教えてくださいな。彼はなにを書いているのかしら？　作家なのですか？」

セント・アディントンは肩をすくめた。「きみがそう言うならば、彼に聞いてみよう。未来永劫、なんやらかんやら手紙や原稿を書いているからね。あいつは。まさにただ書いているんだろう。本を執筆しているのかもしれない。だれも知らない彼の秘密だ」

「本？　まあ」それはまさにアディらしい。「従兄弟なのにそこまで性格が違うのは興味深いことね」

彼が目を細めた。「なぜ急にぼくの従兄弟に関心を持ったのか、不思議なのだが。どこかで会ったのか？」

ルーは顔を赤らめたが、なにも答えなかった。

「ぼくたちは夜と昼のように違う」彼が快活な口調で言う。「だが、奇妙に思えるかもしれないが、レディ・ルードミラ、ぼくはあの従兄弟を非常に好いている。ぼく自身は持ったことがない兄弟のようなものだ。一緒に育った。田舎の野山を駆けめぐり、木から落ちたり、小川や湖で遊んだり」彼がにやりとした。その表情に、ルーは、初めて彼の本物の笑顔を見たという印象を受けた。

ルーはうなずいた。「ええ、とくに湖。しかも、もしもそこに小さな島があって、ボートを漕いでいけたら――」

「厳しい歴史の家庭教師から逃れるために。手提げ袋にひとつかふたつリンゴを放りこみ――」

「それにおもしろい本――」

「釣り竿と――」

「その島にいって、お日さまに照らされて、気持ちのよい時間を過ごせるわ」

ふたりは見つめ合った。

ルーはなにかが喉に引っかかったような感覚を覚えた。「なにかが起こって、その平和が否応なく中断されるまでだけど」

「そのなにかはたいてい家庭教師だ、あの卑劣な男が声をかぎりに叫びながら、草地を横切ってやってくる。そして朝の授業をさぼったという理由でひどく鞭で打たれる」

セント・アディントンがその痛みを思いだしたかのようにたじろいだ。

ルーは黙っていた。

「きみの場合、なにが起こってその静けさが終了したんだ？」

ルーは目をあげ、部屋の向こうを見やった。彼が立っている。太っていて、ひとりよがりで乱暴で騒々しい男。アンバーリー新公爵こそ、その起こったことだった。

セント・アディントンはルーの視線を追った。「ああ、なるほど。もちろんそうだ。気の毒だと思う。父上を亡くしただけでなく、自分の育った生家まで突然失ったのは大変な衝撃だったに違いない」

「正確に言えば、衝撃ではないわ。父は病気だったから、遅かれ早かれ最悪のことが起こるのは予期していたこと」声が小さくなって途絶えた。でも、根なし草になったような、底なしの穴に落ちるような感覚が起こるとは予期していなかった。

いまの自分は、だれからも望まれない行き遅れの独身女性。ええそう、たしかに独身女性という点については、父の死の前からそうだったかもしれない。生まれながら行き遅れと言う人もひとりではなかった。とはいえ、少なくとも自分は目的を持ち、自立した独身女性だ。父の死はまだ堪えられる。でも、ウィッスルソープパークでの生活を失うのはたまらなかった。長年あの巨大な世帯を管理し、使用人に指示を出し、すべてが円滑に進むようにしてきたからだ。そのすべてを諦めるのはつらいことだった。

いまはミルドレッドの世話をし、家政もできるだけ助けているが、以前と同じではない。

ふたりのあいだに沈黙が流れ、ルーはいたたまれずに足を踏み変えた。

「慣れるまでに時間がかかるわ」ようやく言う。

「セント・アディントン」ヘクターが部屋越しに大声で呼んだ。「こちらに来いよ。先日の劇場での衝撃的な事件について話してくれ」

彼の目はまだしばらくルーの目を見つめていた。それからルーに向かってうなずくと、部屋を抜けてヘクターの輪に加わった。

ルーはなにかが変化したのを感じた。

ふたりは思い出を分かち合った。誠実な瞬間だった。前には存在しなかった共感があった。彼の魂をほんのちょっとのぞかせてくれたように思えた。

そして、ルーはそこに見えたものが好きだった。

ジェシカが部屋にそっと入ってきた。ルーは寝間着を着て化粧台の前に坐り、まだ首につけていた真珠の首飾りを指でいじっていた。

「ジェシカ、素敵な夜だった？」

ジェシカはふーっとため息をつきながらルーのベッドに坐り、マットレスに身を弾ませた。「想像していたのとは全然違ったわ」

「どんなふうに？　一般的な意味で？　それともとくに今夜が？」

「一般的な意味で。舞踏会はすばらしいわ。華やかできらめいていてね。でも、なんとなく……」ジェシカはためらった。「あのちゃほやの後ろにほとんど中身がないような気がして。紳士の方々のことだけど」

ジェシカがこんな深い言葉を言うのをこれまで聞いたことがなかった。

「まあ、ジェシカ」ルードミラは立ちあがり、両手でジェシカの手を取った。

「おばさまがわたしに結婚相手を見つけたいと願っているのはわかっているし、ほら、今月末には決まるだろうと言われているでしょう？」ジェシカがまたためらった。「おばさまが正しいとわかっているの。どんな気取り屋さんたちにも笑顔を振りまいたから、あしたは皆さんが訪ねてくるでしょう。そしてわたしはそのだれかと婚約するんだわ。まったく知らない人と。愛し合っていないのだから、きっとひどく不幸せになるわ。きのう気づいたのよ。それよりもむしろどんな感じか知りたいと。愛する人と結婚することが。ねえ、ルー？」

「なあに？」

「愛についてどんなことを知ってる？」

ルーは口ごもった。

「とても前のことだけど、あなたの最後のシーズンに、なにか起こって、そのせいで社交に背を向けたのかしらと思っているの。恋をしたの？」

ルーはジェシカの手を強く握りしめた。「その時はそうだと思ったのよ」ゆっくり認める。「とても親切に気遣ってくれて、それにわたしにダンスを申しこんだただひとりの人だったの。ほら、いつも壁の花だったから」

「わたしが知っている人？」

ルーは首を振った。「いいえ、ずっと前に結婚しているわ」

「なにが起こったの？」

「彼の親切と気遣いは見せかけだったの。財産目当てで、賭けに勝とうとしていただけ。彼が友人たちにそう言うのをたまたま聞いたのよ」ルーは唾を飲みこんだ。

「わたしにはなんの関心も持っていなかった。わたしを不器量だと思っていて、お金のために望んでいただけ」

「まあ、なんてこと、ルー！」ジェシカの目から涙があふれだした。「なんてひどい男なの！　その人と結婚しなくて本当によかったわ。なぜこれまで話してくれなかったの？　すべてを避けて引き籠もったのも当然だわ」

ジェシカが泣くのを見て、ルー自身も涙がこみあげた。目の端をさっと拭う。

「ずっと前のことだからよ、ジェシカ。それに彼はいまのわたしにとって、なんの意味も持たない人。実際、彼のなにがよかったのかもわからないくらい。でも、その人に感じていたのが愛ではないということだけはわかっている。ただのぼせただけ」

のぼせただけ。

そういうこと。

「前に話してくれた紳士はどうなの、ジェシカ？　あなたを救ってくれた方は？」

ジェシカが苛立ったしぐさをした。「あなたと同じ。ただのぼせただけよ。なにも起こらないわ」

「それは残念だわ、ジェシカ」ルーは妹をそっと抱きしめてから身を離した。

ジェシカは戸口の手前で振り返った。「セント・アディントン子爵のことはどう思う？　とてもハンサムじゃない？」

ジェシカの頬にぽつんと赤い斑点が出たのに気づき、ルーは不安を覚えた。

「ええ、彼はハンサムだわ。でも、恐ろしい放蕩者でもあるわ」

「そう言われているわね。その噂は真実だと思う？」

「わたしはたいていの場合、噂は信じないことにしているわ。でも、不思議に思わずにはいられないのよ。もしも真実でないなら、セント・アディントンみずから、噂は本当だと示しているように見えるのはなぜかしら？」

「そう見えるわよね？　わたしも不思議に思ったわ。彼がほかの人たちに自分はこういう人間だと信じてもらいたいような人では、本当はないような気がするのよね。ピアノを演奏していた時は譜面をめくってくださってとても親切だったし、そのあとも少し話をしたのよ」

「ジェシカ！　あなたが恋に落ちた相手がセント・アディントンだなんて言わないでね！」

ジェシカの顔の紅潮がさらに深まった。そしてずいぶんためらってから答えた。

「いいえ、そんなこと夢にも思わないわ、ルー。彼は大変な放蕩者ですものね？

絶対にそんなことはないわ」

ルーは眉をひそめ、不安な思いで妹を見つめた。「そうであってほしいわ。彼はあなたにとって心痛の原因にしかならないもの」

ジェシカが出ていっても、不安感はずっと残った。

こんな困った事態は予想していなかったのに！

17

とてつもなく奇妙な晩だったと、エイドリアンは帰宅後に思った。

執事が彼を迎え入れ、従僕が帽子と杖を受け取った。

いつもなら、パーティのあとはクラブに行く。だが今夜は、なぜかそうしたくなかった。今夜のできごとをもう一度考えたいと感じていた。

そして、彼女のことも。

相違点は、以前に彼女が示した控えめな態度と敵意が、今回はなかったことだ。彼女はあの破滅の晩、あの舞踏会でマシューに賭けを挑んだ彼の役割を、絶対に覚えているはずだ。

だが今夜、彼女の思いはどこかほかにあった。上の空だったと言ってもいいほどだ。

彼は二度ほど仮面が滑り落ち、本来の自分を出してしまったと感じていた。だが、彼女はそのどちらも無視した。それについてどう考えたらよいかわからない。

ありのままの自分は、アダムに対してしか見せていない。

アダムは従兄弟だが、兄弟がいなかった自分には、むしろ兄弟のような存在だ。だれも信じてくれなかった時、アダムだけが彼を信じ続けてくれた。

彼の世界が傾き、だれもが、父親までもが彼を最悪な人間と信じた時のことだ。父は息子が冷酷な遊び人で殺人者だと信じたまま亡くなった。なにをしようがなにを言おうが、そうではないと父に信じてもらうことは叶わなかった。時々エイドリアンは思う。父はひとり息子が悪者だと信じたかったのではないか。そういう印象を受けた。そう信じることで、ある種ゆがんだ満足感を得られたのではないか。社交界の人々も同じだった。もちろん、社交界がどう思おうとどうでもいい。しかし、父がそう信じた事実は彼の心を深く切り裂いた。

そして、現在のきょうに至るまで、噂は消えずに残っている。

彼がレディ・ホルボーンを誘惑し、彼女の夫を撃った。それが、彼の不名誉な放蕩者の経歴の始まりで、その後、さらに多くの卑劣な行為の噂が続くことになった。

彼はとても若くて、まだ十七歳だった。まだ無邪気で無知な頃だ。純真そのものだった。レディ・ホルボーンはあらゆる手を用いて彼を誘惑しようとした。彼女の美しく塗りたくった冷たい顔と、その目に浮かんだ決意の冷たいきらめきは、彼の脳裏にいまだ刻まれている。最初はどうやって抵抗すればいいかわからなかった。

なにかうまく謀られて友人たちから引き離され、彼は気づくと夫人とふたりきりで寝室にいた。彼女はするりとドレスを脱ぎ、輝かんばかりの全裸で彼の前に立った。彼は恐怖にかられ、背中にカーテンが触れるのを感じるまで後ずさりした。

「出ていく道はひとつだけよ」夫人が口紅をべったり塗った唇の口角を持ちあげて、狡猾な笑みを浮かべた。「わたくしを通過していく道だけ」

彼はすばやく考えた。「そんなことはない」くるりと後ろを向き、カーテンを開けて観音開きのガラス扉を無理やり開けた。バルコニーに立つ。

「ばかな子ね。飛び降りることはできないわ。死んじゃうわよ」

彼は下を見て息を呑んだ。三階の高さだった。地面には衝撃を和らげるような茂みも花壇もない。

夫人が迫ってきて、彼はまた後ずさりした。

彼は手すりの上にのぼった。

「ばかな子ね」夫人がささやく。「こちらでなく、死を選ぶの？」片手で自分の美しい裸体を指さして言う。

「もちろん」彼は言い、向きを変えて飛びおりた。

エイドリアンはそれまでの人生で数多くの木から飛びおりてきた。一度など、納屋の屋根から飛んだこともある。それよりほんの少し高いだけだ。ひとつだけわかっている。生死はどうやって着地するかにかかっているということ。転がることが大事だ。

彼は両脚を抱えて草の上に横向きに着地した。下側になった右脚が砕ける感覚があり、かかとに激しい痛みが貫いた。最初は脚を折ったと思った。しかし、砕ける感覚も痛みも落下によるものではなかった――銃弾によるものだった。だれかに撃たれたのだ。銃弾が彼の脚をかすり、その傷から出血していた。

見あげると、バルコニーで騒ぎが起こっていた。彼女のほかにもうひとり男がいる。ホルボーン卿で、エイドリアンに向かって荒々しく手を振り、大声で怒鳴っている。夫人が背後から彼を引っぱり、夫がその手をはずそうとして揉み合っている。突然、夫人が夫をあらんかぎりの力で押しやり、夫はバルコニーの手すりを越えて両手を振りまわしながら落ちてきた。吐き気がするような破壊音とともに地面に激突した瞬間、二発目の銃弾が発射された。

エイドリアンは待たなかった。あり得ない力を発揮し、体を引きずって茂みに飛びこんだのだ。自分がどうしてそんなことができたか、いまでも不思議だ。彼は足を引きずって、馬車を待たせていた門にたどりつき、気を失って御者の腕に倒れこんだ。

　翌日、セント・アディントン子爵の後継ぎであるエイドリアン・アディ《Adey》が、レディ・ホルボーンを誘惑し、その後ホルボーン卿の背後から発砲して卿を殺害したという記事が、ロンドンのいくつかの新聞に掲載された。

「ぼくが殺人者だと言っている」彼は唇を一文字に結んでいる父に言った。彼の傷は外科医に処置してもらったが、まだ激しくうずいた。

「事実なんだから仕方がない」父は冷たく答えた。「わしが当局に顔が利いておまえは幸運だった。あれは決闘でホルボーンの死という不幸な結果になったと伝えたからな。おまえを釈放させるために大金を支払った」撃ったのはレディ・ホルボーンだと抗議しても、父はエイドリアンを信じなかった。だれもが彼が悪人だと信じるほうを好んだ。おばも、いとこたちも。一族郎党全員が。

　ただひとり彼の側に立ってくれたのがアダムだ。

　静かで本好きのアダムは、落ち着いた灰色の瞳でエイドリアンを見つめ、そして言った。「ぼくはきみを信じる」

　エイドリアンは人々の行動に悩まされ続けた。彼の扱い方に関して相反するふたつのグループがあり、その片方は縁結びをもくろんで彼を追いかけまわす年配女性や夫に先立たれた夫人たちだった。ひどい評判にもかかわらず、爵位と財産のせいで彼は結婚市場ではよい相手と考えられていた。そしてもう一方を構成しているデビューしたてのレディや未婚の若い女性たちは、彼がそこにいるだけで自分たちの評判が汚れるかのように彼から離れていようと必死になり、それでいながら、彼が舞踏室に入った瞬間から願望に満ちた目で彼の一挙一動を追っている。

レディ・ルードミラはそのどちらにも属していなかった。それは実際、きわめて新鮮なことだ。この点に関して、彼女はアダムに似ている。

「自分が本当はどんな人間かをみんなに示すべきだよ、エイドリアン」アダムはいつも、静かな口調で諭すようにそう言っていた。

だが、どうやって？　それになぜそうするべきなんだ？

「どちらにしろ、人々はぼくを最悪な男だと信じ続けるさ。だから、ぼくもそれに合わせる」彼はアダムに言い、またその日も次の日も悪徳の夜に身を投じる。

嘘に乗じ、それが真実であるかのように生きる。それが彼の人生の処世術となった。

ああ、だが、その生活にどれほどうんざりしていただろう。彼が正気を保てている理由はただひとつ、コヴェントガーデンにおける週一回の密会だった。

アダムでさえも、彼が売春宿を訪れていると信じているが、そうではなかった。彼はエドマンド・キーンを訪ねていたのだ。彼に演劇指導をすることに同意してくれた著名な俳優だ。

舞台の上に立つ時、彼は自分が元の自分に戻ったように、あるいは生まれ変わったように、あるいはまったく違う男になったように感じることができた。ああ、できることなら俳優になり、旅芝居一座に加わって国じゅうを巡りたかった。なんの悩みもなく。

すばらしい人生じゃないか。

18

親愛なるアディ
　先日の待ち合わせに伺えなかったことをお詫びしなければなりません。もしもお許しいただけるならば、もう一度お目にかかれたら嬉しく思います。次の木曜日に同じ場所でいかがでしょうか？
　今度は必ず参ると約束します。
あなたの友、ルー

「ジェシカ、お願いがあるのだけど」

　ルーは妹の寝室に入り、侍女が妹の髪を梳かしているのを眺めた。ジェシカの髪はつやのある金髪で、豊かな巻き毛が背中までかかっている。侍女が梳《と》かし終えて、部屋を出ていくまで待ち、ルーは話を続けた。

　それはルーにとって簡単なことではなかった。年齢が違い過ぎたせいで、これまでジェシカととくに親密な関係ではなかったからだが、いまは秘密を打ち明けて、助けを求めなければならない。

「心配そうに見えるけれど、どうしたの？」ジェシカは化粧台の前から立ちあがった。美しい淡緑色の朝用のドレスを着ている。ルーは着心地のよい茶色のフランネルのドレスを復活させていた。処分しようとしていたアネスティナおばの女中の手から救いだしたのだ。スカーフの片端を指に巻きつけながら、ルーは言葉を探した。

「まずは坐らない？」ようやく言った。

ふたりはグロヴナースクエアが見える窓辺に置かれた肘掛け椅子に腰をおろした。

「こういうことなの」ルーは言葉を探した。「あなたも知ってのとおり、わたしは友だちがほとんどいないわ。だから、少数の貴重な友人はわたしにとってとても大切なのよ」

「かわいそうなルー！　バースでミルドレッドおばさまとふたりきり、世捨て人みたいに暮らしていたんですものね。わたしはロンドンで楽しんでいたのに。それについては罪悪感を覚えるわ。わたしたち、最初から一緒に暮らすべきだったんだわ」

「ええ、でも、いまはここにいるのだから、それはいいのよ。わたしが言いたいのは——これは異例で、不適切にさえ聞こえると思うのだけど、実はこの三年間、手紙のやりとりを続けてきた人がいるの。ミルドレッドおばさまの家に移った頃からずっと」

「とてもわくわくする話に聞こえるわ。手紙のやりとり？　なぜそれが不適切なの？」ジェシカの瞳が好奇心できらめいた。「ひとつの文章で、ルーと〝不適切〟という言葉の両方を使うなんてあり得ないわ」

「つまりこういうことなの」ルーは軽く咳払いをした。「わたしのその友人というのは……」

「まあ！　わたしが当てるわ！　女優さんじゃない？　しかも有名な人？　それとも、待って」人差し指を唇に当てて考える。それからその指をあげた。「王妃さまご本人！」

ルーは驚き、思わず吹きだした。「王妃さま？　いったい全体どうやって個人的に文通なんてできるの？」

「それなら、白状しなさい！　だれなの？」ジェシカが興奮して跳びはねる。

「こう言わないとうまく説明できないと思うから言うけれど、相手は男性なの」

ルーはそう言い、無作法なことを言ったかのように慌てて両手で口を押さえた。

「まああ！　嘘でしょう！　ルーったら！　どうしてそんなことができたの？　そ

れはたしかに不適切だわ！　どうか教えてちょうだい。いったいどなたなの？　わたしが知っている方？　紳士なの？」

「それが問題なのよ」ルーは唾を飲みこんだ。「わからないの」

ジェシカがルーを凝視した。「いったいどういう意味？　彼が紳士かどうかわからないの？　わたしが知っているかどうかわからない？　それとも、だれなのかあなたも知らないということ？　でも、そんなはずないわよね」

ルーはうなだれてささやいた。「それがそうなの。彼がだれなのかはっきりわからないのよ」

ジェシカの口が丸く開き、ピンク色のOの字になった。「でもなぜわからないの？　三年間も文通してきたのでしょう？」

ルーが無意識に耳に手をやって耳たぶを引っぱると、つけていた真珠のイヤリングの留め金がはずれた。その真珠を手のひらに載せ、それしか関心がないかのようにじっと見つめる。

「ええ、奇妙に聞こえるでしょう？　でも、それが真実なの。その方がだれなのか、自分なりに見当はつけているんだけど、まだ疑いを抱いていて」ルーはため息をついた。「つまり、証拠を見つけないかぎり、その方の名前も正体も確定できないということ。その証拠を見つけるために、あなたの助けが必要なの」

「でもルー、全然わからないわ。何年ものあいだ、一度も出会うことがなかったなんてあり得ないでしょう？」

「理由のひとつは、わたしがバースに住んでいて、彼はロンドンだったということよ。これまでは、彼の真の正体を知らなくて、そして彼もわたしのことを知らなくて、それで満足していたの。なんとなく、わたしがウィンドミア家の人間だと知られたくなかったのよ。でも、状況が変わり、彼の住所を探してみたら」ルーは口ごもった。

「そうしたら？」ジェシカがうながす。

ルーは困り果てた顔で妹を見やった。「その家から出てくるところを目撃した男性は、わたしが思い描いていた人と全然違ったのよ」

「でもルー。出てきたからと言って、その人とは限らないでしょう？　訪問客だったかも」

「まさにそう。だから、その家にどなたが住んでいるのか訊ねたの。それでいったんは答えを得たと思ったのだけど、最近、間違っていたかしれないことがわかって」両手を頰に当てる。「でも、確証がないの」

ジェシカはわけがわからないというように頭を振った。「つまりこういうこと？　あなたは、自分の文通相手がだれかわかったと思っている。でも、それについて確証がなく、夢見心地にもなっていない。つまりこういうことね！　あなたの頭の中にいる王子さまは、背が高く、黒髪でハンサムで白馬に乗った理想の男性。でも、実は背が低くて太っていて、ハンサムでもなかった」

ルーはうなずいた。「まあそんな感じ」

ジェシカが目を見開いてルーを見つめた。「それなのに、ルーったら！　その方と恋に落ちたわけね？　なんてすばらしいんでしょう！」

「いいえ！」ルーは思わず立ちあがった。「それは違うわ！　つまり、だれかはっきりわからない人と恋に落ちるなんてできないでしょう？」

ルーを見つめるジェシカの目には、まるでフクロウのように思慮深いおとなびた表情が浮かんでいた。「結局、大事なことは見かけではなく、その人とどんな信頼関係を築けるかでしょう。そして断言するけれど、あなたは恋している！　そして、現実の彼を受け入れようともがいている。でもルー！　見かけは大事じゃないでしょう？」

妹はまったく勘違いしている。でも、そのまま信じさせておこうとルーは思った。

「とにかく、わたしは証拠がほしいの。あなたの助けが必要なのはそこよ。わたしが思っている紳士かどうか確認するために、彼と会う日取りと場所を決めようと思うの。でも、自分でその場に行きたくないのよ」

ジェシカが胸の前で腕を組み、眉をひそめた。「ますます意味がわからなくなってきたわ、愛するお姉さま」

ルーは大きく息を吸った。「わたしの代わりにあなたにそこに行ってほしいということ」

「わたし？　でもなぜ？　わたしがあなただと思われてしまうわ！」

「そのとおりよ」

「彼はあなたが本当はだれかを知ることができない」

「まさに」

「でも、それでは、あなたも彼を知ることができないじゃないの」

「そこが違うのよ。わたしは隠れて遠くから見ているわ。そして、それに基づいて、この友情がどの方向に進むべきかを決断する。続けたいかどうかも含めて」

「さっき言ったことは取り消すわ。あなたは恋に落ちているようには聞こえない。抜け目なく計算しているみたい」

「そう受けとってくれてもいいわ。とにかく、自分が文通している男性がだれだか知る必要があるのよ。しかも、それを安全な方法で知りたいの。遠くから、わたしがだれか彼に知られないで」

「でもなぜ？」

「それは……ただそうしたいの、それだけ」

「あなたを永遠に理解できないような気がしてきたわ、ルー。それなのに、一族で一番無分別なことをやるのはわたしだと思っていたとは」

ルーは顔を赤らめた。「たしかに正直ではないけれど――」

「正直？　あなたはその気の毒な男性をわざとだますのよ。それに、それがなぜか、わたしわかるわ」

ルーはひどく疲れたように感じた。「では教えてちょうだい。なぜなの？」

「なぜなら、あなたが臆病者だからよ」

その言葉は心に刺さった。

自分は臆病者ではない。ただ内気なのだ。無口で控えめ。社交界でうまくやれない。誘いかける方法もわからない。平常心で紳士とふたりだけで会えるはずがない。

それが臆病ということなの？

「最初は計算高い。今度は臆病者。返す言葉がないわ。たしかに、そこでその時に自分で彼と会うのが正直で正しいことだけれど、信じて、わたしなりに、そうしなければならない理由があるのよ、ジェシカ。あなたには理解してもらえない理由だけれど。あなたは美しいわ。あなたにとっては、あらゆることがずっと簡単なはず。受け取れないものを欲したこともなければ、あなたには手に入れられないと言われたこともないでしょう？　人々は炎に群がる蛾のようにあなたのまわりに集まってくる。そんなに美しいんですもの。あなたが部屋に入れば、全員がそちらを向く。そのことはわかっているはずよ。頭が空っぽに見える時でさえも、それはあなたの評判を損なわず、むしろ評価を高める。もちろん、あなたの頭が空っぽでないことはわかっているわ。むしろ、あなたはあらゆる点でわたしと同じくらい感受性が強い。心の奥深くでは、人々の注目などどうでもいいと思っている。わたしと同じように、でもあなた独自のやり方で真実を求めている。わたしたちはその点が共通しているわ」

ふいに、ジェシカの青い目が涙でいっぱいになった。

ルーは話し続けた。「だから、きっとあなたもわたしが、違う形ではあっても実際は同じだとわかってくれるはず。わたしは注目を望まない。見られたくないのよ。

陰にいるほうが、名前がないほうが安心できる。だから、その友だちに、わたしにとってとても大切な存在になり、これまで持ったことがない親友になったその人に、わたしの正体を知られたくない。匿名で居続けるほうが安心なの。あなたはわたしが、頭の中で王子さまを創りだしたと言っていたけれど、それも部分的には正しいかもしれない。文通相手も同じことをしているかもしれないと思うのよ。彼の頭の中で、お姫さまをね。わたしが彼の思い描いた姿をゆがめ、夢を打ち砕いた時に彼の顔に浮かぶ失望の表情を見たくない。もしも彼が、わたしがそうだろうと思っている人だったら、夢の女性であり続けたほうがいいと思う。もしも違っていたら、いつか自分自身に勝ち、心の準備をして陰から足を踏みだし、自分がだれか明かせるかもしれないけれど」

「まあ、ルー！　わたしの言葉は残酷だったわね。どうか許してちょうだい」ジェシカがルーの腕の中に飛びこんだ。「そんな風に感じさせてごめんなさい。そう感じるべきじゃないわ。あなたは自尊心が低すぎるのよ。あなたは自分で思っているよりもずっとずっと美しいわ」

ルーは首を横に振った。「でも、それだけではないから」

ジェシカは鼻をかんだ。「もちろんあなたを手伝うわ、喜んで。レディ・ルードミラ・ウィンドミアとして行きましょう。わたしがあなたの文通の友人と交流するのをあなたが遠くから見られるように。あなたの共犯者になるわ。さあ、教えて、どういうことになっているの？」

ルーは妹に、待ち合わせ場所がハイドパークの貸本屋の前のベンチであることを話した。自分は貸本屋の中で待っていて、飾り窓を通してアディに会うことになる。

「でも、彼の名前はなんなの、ルー？　あなたの代わりに会うことになっている、あなたの友だちになるかならないか、まだ分からないその男性の名前。あなたはまだ一度も口にしていないわ」

「彼の名前はミスター・アダム・アディ《Adey》よ」

「アディ？」ジェシカが繰り返した。

「セント・アディントン子爵の親戚なの。わたし、つい最近まで、文通相手のアディ《Addy》がセント・アディントンだと思っていたのよ。信じられないでしょう？　そうでないらしいと知るまでは」ルーは身を震わせた。

ジェシカの顔が青ざめた。片手を口に押し当てる。

「わかっているわ。ね、なぜわたしが確信を必要としているか理解できるでしょう？　だから、アディ《Addy》がアディ《Adey》だと確認しなければならないのよ」

「なんということでしょう」ジェシカが明るくほほえんだ。「紛らわしいわね。もちろんわたしは喜んであなたを手伝うわ」

妹を巻きこんだのが正しいことであるようにルーは願った。ほんとに紛らわしいこと！

19

アダムはブルトンストリートの家のソファに寝そべっていた。両脚に膝かけ毛布を掛け、喉にスカーフを巻いている。エイドリアンが部屋に入ってきたのを見て、読んでいた手紙を置いた。暖炉の前で寝ていた黒と黄褐色のまだらの猟犬が飛び起き、尻尾を振り、嬉しそうに吠えながらエイドリアンの元に駆け寄った。

「マクベス、伏せ」アダムは言った。

「少しよくなったようだな、従兄弟よ」エイドリアンが犬の耳の後ろを掻いてやる。「ウィトルバラの舞踏会は絶対に行くべきだったぞ、ラザフォード家の夕食会は言うまでもなく」

「そうした催しにあまり興味がないことは知っているじゃないか。それに、かなり回復したとはいえ、夕食会に出席するほどよくなってはいない。しかも、覚えているだろう、ウィトルバラの晩餐会の晩は熱で床に伏せっていた」アダムの声は鼻づまりのせいでひどい鼻声だったが、それさえなければ、ほぼ回復したように見える。

エイドリアンは椅子に腰をおろした。マクベスがその足元にうずくまった。「そうだったな。毎年、同じ時期に決まったように発熱している」彼が手を動かし、アダムの膝の上に載った手紙を示した。「それより、気にせずにその手紙の続きを読んでくれ」

アダムが顔を赤くした。「これはなんでもない」

「そちらの方面はどんなふうに発展しているんだ？　問題のそのレディに思いを伝えたのか？」

アダムの赤くした顔がさらに濃く、暗赤色になった。「もちろんそんなことはしていない。ただの友人だ。突然ぼくの気持ちを表明するのは、きわめて不適切なことだし……」彼の声が立ち消える。

エイドリアンはその様子を見て片眉を持ちあげた。

「もしも彼女に受け入れる気がなくて、ぼくのひと言で友情が危機に瀕したら？」

アダムがふいに言う。

「筋金入りのばくち打ちの忠告をしよう。ぼくの言う言葉を覚えておいてくれ。愛は賭けだ。勝つためには危険を冒す必要があり、それをしなければ、完全に失うことになる」

「それがきみの考える愛か？　ただの賭けごと？」

「まあ、そうも言えるな。より大胆に賭ければ、勝つ可能性がより高まる。そのためには、本当に勝ちたいのか、自分に問う必要がある。もしそれがイエスならば、なぜやらない？」

「もちろん勝ちたい。勝ちたくない者などいるのか？　だが、きみはどうなんだ？　きみは勝つためではなく、ただ賭けのために賭けている気がする」

「たしかに。ぼくはきみほど勝つことにこだわらない。最終的に勝つか負けるかは気にしていない。だから、より大胆に賭けていく。そして、ぼくのくだらない不運のせいでぼくは勝ち続ける」エイドリアンは肩をすくめた。「あの女性たちを、いったいどうしたらいいんだ？　ハーレムを作るわけにもいかないだろう？」

「だれかに最近、きみは嫌なやつだと言われたことはないか？」アダムが頭を振り、呆れたように笑った。それから顔をしかめた。「いてっ。笑うとまだ頭が痛む。きみが無情で心が冷たい男だとはまったく思っていない。だが、不思議に思うのは
――」彼はためらった。

「なんだ？　言ってしまえ」

「時々、あのいまいましいレディ・ホルボーンがきみの気を引こうとしなかったら、きみはいまのきみとは違う人間だったのではないかと思う。あの女性がきみという

人間を危うく破滅させかけたことを考えると、最大級の嫌悪感、ほとんど憎しみとも言える感情を抱かずにはいられない。きみがどうでもいいようなふりをしていても、実はそうでないこともわかっている」

エイドリアンはおもしろがっているような表情を浮かべてアダムを見やった。

「心を打たれたよ。ぼくはあの女性のことはほとんど考えない。しかも、フランスに移住したじゃないか。最後に聞いたのは、ノルマンディーでフランス人の伯爵を誘惑したという噂だ。実際、彼女には感謝しているくらいだ」

「感謝？　なんでそうなるんだ？」

「教育してくれたことに対して感謝だ。ひどい火傷を負ったから、その教訓は一生涯忘れない」

アダムが心配そうにエイドリアンを見つめた。「そこだよ、それこそぼくが言いたいことだ。彼女はきみをひどく傷つけた。人生観を完全にひっくり返した。女性に関しても、愛に関しても。もしも彼女がいなければ、きみはケンブリッジで学業を修め、まったく違う生き方をしていたはずだ」

「きみの言うとおりかもしれない。学者になり、だれも関心を持たない古典について、なんの役にも立たない論文を書いていたかもしれない。その代わりに、自由な時間をロンドンの賭博場で費やす浪費家になったわけだ。そして、たまに小都市の二流の劇場の舞台で、匿名で演じる。だれにも気づかれないように」

アダムは頭を振った。「それに関してはまさに称賛に値する。俳優のリチャード・リドリーとして、二役演じるんだからな。シャイロック（シェイクスピア『ベニスの商人』に登場する高利貸し）？　それとプロスペロ（シェイクスピア『テンペスト』の主人公）？」

「キャリバン（『テンペスト』に出てくる半獣人）だ」

「すばらしい。それがきみだとはだれもわからない。だが、論点がそれた。ぼくが言いたいのは、あの恐ろしい女性のことがなければ、きみはとっくに結婚し、平和で落ち着いた人生を送っていただろうということだ」

「そんなことを悩む必要はないさ、従兄弟よ。それより、きみに衝撃的な知らせがある」

アダムは身を起こして坐り、膝に毛布を掛けた。「そうなのか？　ぜひ聞きたいものだ。なんなんだ？　ペルメル街に新しい賭博クラブが開業したとか？」

エイドリアンはためらった。ためらうこと自体が、ふだん雄弁な男としては珍しい。

「おいおい、恥ずかしいのでその知らせを打ち明けられないとか言わないでくれ。

まさか女性の話じゃないだろう？」

エイドリアンは照れ隠しのように笑った。「ぼくが恥ずかしい？　それはない。だが、きみの言うとおり、女性の話だ」

アダムは驚いて持っていた手紙を取り落とした。「なんだって？　そいつは驚いた。きみが女性について悩むとはね」

「皮肉はきみには似合わない。それはぼくの得意分野だからな」

「たしかに。だが、好奇心でうずうずしているんだ。話してくれ」

「ぼくも結婚を考えるかもしれない」そう言いながらも、ハンカチで片眼鏡を、まるでその日一番の重要な仕事であるかのように念入りに磨く。

アダムが目に見えて混乱した。「なんの話だ？」

「目新しいだろう？」

「しかし、あり得ない、エイドリアン！　ぼくをからかっているんだろう？」

エイドリアンがため息をついた。「それが違うんだ。真面目な話、自分に手かせ足かせをはめることを考えている」

「相手はだれだ？」

「それを打ち明けるのは時期尚早だろう。その方向にまったく行かない可能性もある」

　アダムが熱心にうなずいた。「それはよくわかる。その女性を愛しているのか？」

　エイドリアンが冷ややかな笑みを浮かべた。「愛？　もちろん違う。シェイクスピアが非常にうまく述べているじゃないか。〝恋は狂気にすぎない〟と。（シェイクスピア『お気に召すまま』に出てくる言葉。松岡和子訳、ちくま文庫）だが、ひとり選ばなければならないとなれば、それは彼女だ。いまもこれからも彼女だ」

「どうもぼくには愛に聞こえるがね。どちらにしろ、すばらしいニュースだ、エイドリアン。へまをして、そのレディに愛想をつかされないといいが」

「へまをする？　どういうふうに？」

「賭けごとや女好きやその他もろもろだ。ただし、きみの面目のために言うが、最近のきみがそういうことに熱心だとは思っていない。きみの生活態度はきわめて真面目になった。この一年ほどか。あるいはもう少し長くか。なにが起きているのかと思っていたんだが、やっとわかった！　とても嬉しいよ」

「それはせっかち過ぎる。当のレディは自分の運命についてなにも知らない。実を言えば、ぼくが彼女に関心を抱いていると知っても、まったく喜ばないはずだ」最後のほうはほとんどつぶやき声だったから、アダムは聞きとるために前にかがまなければならなかった。

「その話をしたいかい？」

エイドリアンはブーツの先をじっと眺めた。「彼女の愛情はほかの男に注がれているると信じる理由がある」

「希代の女たらしが、女性の心をつかむことについて自信がないと聞こえたのはぼくの想像か？　それとも、本当にそう言ったのか？」

「そう言った。笑ってくれ。当然の報いだと思う」

「ぼくにひとつ忠告をさせてくれ。ああ、そうだ、このアダム・アディが、放蕩者の従兄弟に向かって恋愛の忠告をするぞ。よく聞いてくれ」

「気合いを入れて聞いている」

アダムがエイドリアンの目をじっと見つめた。「自分を出せ」

エイドリアンは目をしばたたいた。「それだけ？　もっと長い言葉を期待していたんだが。なんだろう、叙事詩のような？」

「そう言うが、それこそが、きみのもっとも苦労していることだ。自分を出すこと。きみは本当の自分をさらけだすことを恐れていると思う」

エイドリアンはなにか皮肉っぽいことを言おうと口を開いたが、アダムに片手で制された。「なにも答える必要はないよ。いまの金言はぼくの自作だからね。さて、ぼくは失礼して少し横になる。この病気の山が思った以上に高くて、なかなか乗り越えられない。いずれにせよ、きみの知らせは嬉しかったよ」

「きみの部屋まで送っていこう。だが、行く前にもうひとつ相談したいことがある。あることについて、きみの助けが必要なんだ」

アダムはソファの背にもたれ、曇りのない落ち着いた瞳でエイドリアンをじっと見つめた。「なんでも言ってくれ、従兄弟よ。きみのためなら、なんだってやるさ」

20

胃全体がミツバチの巣箱になったように感じた。なにか音がするたびに飛びあがってしまう。足音がするたびに肩越しに目をやり、濃い色のマホガニーの棚に溶けこんで見えなくなるように最善を尽くした。ルーは以前訪れた貸本屋にふたたびやってきていた。新調したなかではもっとも目立たないドレスを着てボンネットをかぶっている。棚の後ろに身を隠し、本を開いて顔の前に持って、その上からそっとのぞいては窓の向こうのベンチを眺めた。前回セント・アディントンに出会った時も、まったく同じ場所で待っていた。今回は、と心に誓う。真実を見つけだす。

その真実とは、ふたつのうちのひとつのはずだ。

ひとつ、外のベンチにセント・アディントンが現れる。もしもそうなったら、ルーは、パニックを起こしたニワトリのようにあたふた走りまわるだろう。

ふたつ、セント・アディントンの従兄弟のアダム・アディがやってくる。その時は、自分がなにをしでかすが、ルーにはまったくわからない。でもきっと心から安堵するだろう。

ルーは、両手に持った本の縁越しに外をのぞきながら、乾ききってひび割れた唇を舌で舐めた。

明るいピンク色のマントを着て揃いのボンネットをかぶった妹のジェシカはとてもかわいらしく見える。ジェシカはガラスの窓のほうを見やり、中にいるルーを見つけると手を振った。

ルードミラはあわてて片手をあげ、彼女を止めた。あんなにおおっぴらに手を振ったら、まわりに気づかれてしまう。貸本屋のなかにルーがいて、出会いを見守っていることはだれにも知られたくない。どうか、アディに会った時にジェシカがルーのことを言いませんように。

時計が三時を打ったが、だれも現れなかった。ジェシカは人目を引くように行ったり来たりしている。念のために連れてきていたメアリーもジェシカの数歩後ろについて歩いているが、きっと、なにが起こりつつあるのか不思議に思っているに違いない。

それよりもなによりも、アディが現れたら、わたしはどうするつもりなの？

予定時刻から十分が過ぎた。ルーが送った手紙に彼は返信しなかった――こちらの住所を書かなかったのだから、返信できるはずがないでしょう？　だから、来ないことに決めたがそれを伝えられなかったというのは当然あり得ることだ。苛立つことだけど、そうであってほしいとルーは思い始めていた。そうなれば、いまここですべてを終わりにできる。もうこれ以上この件を悩まなくてよくなる。

そう考えたちょうどその時、ひとりの紳士がジェシカに近づいてきた。身なりのよい男性で、髪は金髪、すらりとした体型だ。

ルーは思わず声を漏らした。

アダム・アディ。セント・アディントンの従兄弟。

アディ。

従兄弟よりはいくらか細身だが、背は同じくらい高い。従兄弟のほうはカールした髪が首筋まで伸びているが、彼は短く切っていて、従兄弟のような厭世的な雰囲気はみじんも持ち合わせていない。

それはいいことに違いない。

彼はジェシカを見ると、まるで驚いたかのように一歩さがり、それから帽子を取ってお辞儀をした。

ジェシカが片手を差しだし、彼がその手にキスをする。

礼儀正しい人だとルーは思った。心臓がどきどきしている。

ふたりは言葉を交わしていた。ジェシカが嬉しそうな様子で彼に話しかけている。彼が首をまわしたので横顔が見えた。ハンサムだ。とてもとてもハンサム。

ルーは両手を握りしめた。こみあげた涙が奇妙な塊になって喉の奥に詰まった。ルーのアディは、ずっと思い描いていたとおりの人、ハンサムで親切な男性だった。ルーの全身に安堵感が駆け抜けた。

ふたりは話していた。そのあともまた話していた。そのあとも。ルーは我慢できなくなってそわそわと体を動かした。その時、彼がジェシカに腕を差しだし、ジェシカがその腕を取るのが見えた。ふたりして通りを渡り、公園を散歩し始めた。メアリーが後ろをついていく。

どうして？　そんなことは計画になかったはずだけど？

事前の打ち合わせでは、ルーが彼の正体を確認できるように一分か二分だけ彼と話したあとに、ジェシカは立ち去るはずだった。

ルーは自分のなかで葛藤した。ふたりが戻ってくるまでここで待つべき？　ふたりのあとを走って追いかけるべき？　でも、追いかけて、なんと言うの？

悩んだ結果、もともと決めていたことに反して、全身の全細胞の求めに反して、自己防衛本能に反して、臆病者でいることはしないとルーは決意した。心の中の最後の闘いを乗り越えて戸口に向かうと、震える指で扉を押し開け、外に足を踏みだした。アディに自己紹介をしよう。きっぱりと。通りを横切り、ふたりのあとを追いかけた。

「あらっ！　こちらは姉ですわ」ジェシカが振り返り、驚いたように言った。

さあ、ここだ。真実の瞬間だ。ボンネットは曲がっているし、息が切れて、しかも苛立っているけれど。

「初めまして」乾いた唇を舌で舐めて湿らせた。「わたしはレディ・ルードミラ・ウィンドミアです」深く息を吸いこみ、つけ加える。「ルーです」

アディの温かな灰色の瞳が驚いたように見開かれた。「おお！　ぼくはてっきり――」悲しそうに彼を見つめているジェシカに視線を向ける。

「混乱を招いてすみません。わたしを姉だとお思いになったのね。ルー、こちらはアダム・アディ」

彼がルーの手を取り、頭をさげた。ルーは彼が、室内でほとんどの時間を過ごしているかのように青白いことに気づいた。打ち解けた表情は親しみやすくて感じがいい。彼はルーからジェシカを見て、またルーに視線を戻した。気の毒な人。明らかに混乱している。

「わたしが全部の手紙を書いたんです」ルーは説明した。さあ、言った。自分がもっとも恐れていた瞬間。ルーは息を止めた。

「そうですか、きみが書いたのですか」彼はかすかに頬を赤らめ、はにかんだようにルーにほほえみかけた。「あなたがルー。会えましたね。ついに」

彼はルーの手をまた握りしめた。まるで離したくないかのように。

頭のなかをさまざまな思いがぐるぐるまわる。これからどうすべきだろう。舌が固い結び目のようにこわばり、人生で初めて、なにも言うことが浮かばなかった。それなのに、ジェシカはたくさん話したいようだ。普段から元気いっぱいだが、きょうの彼女はいつもと違う活力に満ちあふれている。そして、天気について話していた。

「なんてよい天気なのかしら？　わたしたち、公園を散歩するところだったのよ。あなたはどう思う、ルー？　そうだわ、一緒に公園を散歩しましょう」

ルーとアディの目が合った。

「それは楽しそうだ」彼はだれに向けてお辞儀すべきかわからないかのように、あいまいに頭をさげた。それから、一瞬ためらったのち、心を決めたらしく、両方のレディにそれぞれ腕を差しだした。

彼と腕を組むとルーの気持ちも落ち着き、三人は公園のクリの木の下を歩き始めた。ジェシカのおしゃべりとアディの返事を聞きながら一緒に歩くのは楽しかった。彼が時々顔をあげ、ふたりの目が合った。彼は恥ずかしそうにほほえみ、そして目をそらした。

三十分ほど後、彼はグロヴナースクエアに訪問する約束はしないまま別れを告げた。帽子を持ちあげ、もう一度ルーに向かって恥ずかしそうにほほえんだ。ルーの心はほっこり温かくなった。

彼は本当に素敵だとルーは思った。

「どう思った？」家に戻ってから、ルーはジェシカに訊ねた。

「とても素敵な方だわ、ルー。わたし、本気で嫉妬しちゃう。でも、ああ」ジェシカがふいに走り寄り、ルーを強く抱きしめた。思いがけない行動だった。

「うーっ」

「あなたには彼のような男性がふさわしいわ。わたしは、とても、とても嬉しいの」

そう言うとジェシカはわっと泣きだした。

ルーは驚いて飛びあがった。「でも、ジェシカ、いったいどうしたの？」

「なんでもないわ」ジェシカはハンカチに顔をうずめてすすり泣いた。

ルーは姉の肩にもたれてすすり泣いている妹に腕をまわした。

「ウィンドミア家の者でいるのは簡単なことではないわ」ジェシカがようやく言う。

「まさに呪いだわ」

それについては、ルーも心から同意できる。

「舞踏会でわたしの前に最初に立った男性と結婚することを期待されても、その人のことをどうやって知ることができるというの？　きっと花を贈ってくるでしょう。そして気づかないうちに、生涯足かせをはめられるんだわ」鼻は赤く、目から涙があふれていたが、それにもかかわらず、ジェシカはこれまでで一番美しく見えた。

「ひどいことだとわたしも思うわ」ルーはそう答え、急かしたい気持ちを抑えた。

ジェシカは遅かれ早かれ、いまの状況がアディと関係があるかどうか打ち明けてくれるだろう。

「だって、みんなどうやってわかるの？　どうすれば選べるの？　あまりにたくさんの男性がいて、ただ圧倒されてしまうのよ」

ルーは笑みを抑えた。「たしかに難しいことよね」

「ええ、その難しさは、こんな言い方ひどいと思うけれど、あなたにはわからないと思うわ。だって、あなたはもっといい状況ですもの。彼と真の友情を育むことができて幸運だわ。彼というのはアディのことだけど」妹の顔がゆがんだ。「彼はとても素敵。わたしがどんなにうらやんでいるか、あなたにはわからないでしょう」

ジェシカがひどく神経質になっていると判断し、ルーはお茶を頼んだ。ジェシカはそれで少し落ち着いたようだった。一杯お茶を飲むと、目は涙でまだ濡れていたものの、いつもの彼女に戻ったように見えた。

「ああ、もう大丈夫そう。ごめんなさいね。わけもわからないことを言ってしまったわ。わたしの言ったこと、全部忘れてちょうだい。あなたは、またすぐにアディにお会いするの？　会うべきよ。いまにわかるわ。あなたはきっとわたしよりずっと前に結婚するから」

「ジェシカ！　だれも結婚の話なんてしていないわ……」ルーは顔を真っ赤にした。

ジェシカがルーに賢そうな笑みを向けた。「もちろんそうね。わたしが言ったことは全部忘れて」

ジェシカがすっかり泣きやむと、ルーは自分の部屋に戻った。疲れ切って、ベッドに倒れこむ。

記念すべき一日だった。
そして、とても奇妙な一日だった。
なにが起こったのか、ルーにはよくわからなかった。
どう感じていいのかもわからなかった。
ついに心からの親友に出会えた。自分が想像していた通りの人だった。
ルーはしっくい塗りの天井を見つめた。
それなのになぜ、いったいなぜ、いまだにこんなに困惑しているの?

21

ジェシカは正しかった。翌日アディが訪れ、馬車でハイドパークをまわりませんかとルーを誘った。

「素晴らしいじゃない、彼があなたを誘ったのよ！」ジェシカがまくしたてる。

「言ったでしょう！　あなたはわたしより前に婚約するわ！」

公園への馬車での外出はそれほど長くかからなかった。それにもかかわらず、ルーはそのあいだずっと、なにを話せばいいかわからなかった。どうして？　手紙ではあんなにたくさん話すことがあるのに、実際に会ったら話すことがなにもないなんてどうして？

もちろんその理由の一部は、公園で多くの知り合いに出会ったからで、そのたびにアディが馬車を止めてその人々に挨拶したからだ。人々は例外なく驚きの表情を浮かべ、まるでミスター・アディと同乗する権利などないかのようにルーを眺め、そのあいだルーは座席に坐ったまま、巻いたショールの中で縮こまっていた。

一連の挨拶が済んでふたたびふたりだけになると、ルーは彼も自分も熱っぽく語るとわかっている話題、すなわち本について話そうと決意した。

「『想像上の姦淫者』をお読みになりました？」唐突に口火を切る。

「なんと、いいえ」彼は驚いた表情でルーに視線を投げた。「あのようなたわごとをだれが読みたいと思うのだろう？」

「まあ、ええ、そうね。あれはたわごとだわ。愉快なたわごと」ルーはふいに、自分でも嫌っている本について熱く語りたいという、わけのわからない衝動にかられ、彼に向かって、その話のあらすじをこと細かに解説した。

アディが首を振った。「申しわけないが、ぼくには到底おもしろい本とは思えないが」

「スコット作のウェイヴァリーシリーズ（サー・ウォルター・スコット作の人気連作小説）はどうでしょう？」

ルーは訊ねた。

アディの顔が赤くなった。「ああ、たしかに。初めは、興味を持つのが難しいように思えましたが、実際は没頭して読みました。とても魅力的な作品だ！」

「同感ですわ。ひとつだけ例外は、ヒーローがフローラと結婚しなかったこと」

「本当に？　彼はローズと一緒になるほうがいいとぼくは思った」

この話題についてふたりは熱心に話し合い、ルーは幸福感が体を駆け抜けるのを感じた。自分が話していることを理解してくれる人と活発な意見交換をする時に感じる感覚だ。

そこからは、バイロンについて議論し、さらに匿名の女性作家が上梓した『分別と多感』（ジェイン・オースティンの小説）について語った。アディはとてもおもしろかったと言い、ルーは同じ作家の二作目『自負と偏見』のほうが好みと述べた。だが、熱のこもった議論をしていた真っ最中に、アディが突然驚いた声をあげて馬車を止めた。

ルーは馬車がロットンロウ（ロンドンのハイドパーク内を通る乗馬用道路）まで来ていたことに初めて気づいた。しかも、すぐ横を歩いていた男女の姿は見覚えがあった。ふたりのあとについて歩いている小間使いの姿も見覚えがあった。

女性は毛皮で縁取りをした青いコートと毛皮のマフを着用している。同伴者に向けてしゃべったりうなずいたりするたびに金髪の巻き毛がはずんでいる。そして、その同伴者はほかでもない、セント・アディントン子爵だった。

「まあ、ジェシカ！」ルーは驚いて妹を見つめた。「思ってもいなかったわ、あなたがここに来ているなんて……セント・アディントンと？」

彼はルーと目が合うと、皮肉っぽく眉毛を持ちあげ、それから頭をさげた。「こんにちは、レディ・ルードミラ。やあ、アダム。外出にふさわしいよい天気ですね」

ルーはぴたりと口を閉じた。

「従兄弟よ、きみがレディ・ジェシカと出かけたとは知らなかった」アディもルーと同じくらい驚いているようだった。

「あなたがミスター・アディと出かけて五分も経たないうちに子爵さまがいらしたの」ジェシカがさえずるように言う。「おばさまが散歩に行くのを許してくださったのよ、こんなに天気がいいからと。本当にいい天気ね？」

ルードミラは妹が尋常でなく興奮しているのに気づいて気持ちが沈んだ。子爵を見あげる時の目がきらきらし過ぎている。まさかひょっとして？　いいえ、そんなふうに考えるのはばかげている。妹がセント・アディントン子爵に恋しているなんて、あり得ないでしょう？

「おばさまも近くにいらっしゃるわ。ほら、あそこでレディ・ウェスティントンと話しているわ」ジェシカが示したほうを見ると、たしかにおばがいて、恰幅のよい婦人とおしゃべりをしていた。

「では、散歩を続けようか？」子爵が例の誘うような笑みを向けると、ジェシカは顔を赤らめてにっこりした。

ルーは胃の真ん中に嫉妬の一撃が入ったような衝撃を受けた。

でも、それこそあり得ない。

衝撃など受けるはずがない。

絶対にない。

そっと振り返ると、子爵がジェシカのほうに身をかがめるのが見えた。ジェシカがさらに顔を赤くしてうつむいた様子からして、どうやら彼が耳元で愛情表現の言葉をささやいたらしい。

そのあいだもずっと、姉妹のおばはすぐそばに立ち、なにも気づかずに友人とおしゃべりしている。おばさま！　ルーは叫びたかった。あなたの目の前で、セント・アディントン子爵がジェシカを誘惑しようとしているのに、気づかないんですか！

馬車から飛びおりたいという衝動にかられた。でも絶対に足首をくじくとわかっていたから、自分が勝手に飛びおりないように座席の脇を握りしめた。

親友のアディと馬車に乗り、背筋をまっすぐに伸ばして坐りながら、嫉妬するなんて予想もしなかった男性のことで嫉妬している。アディは話し続けている。いまはメアリー・ウルストンクラフト（英国の著述家・社会思想家）について議論していたが、彼の言葉に集中するのが難しかった。

全身がかっかし、頭の中がぐるぐるまわり、胃がもんどりを打っている。

いったい全体、なにが起こっているの？

「あなたも同意見ですか？」アディがルーのほうを向いて答えを待った。

ルーはぎょっとした。後ろめたく感じたのは、彼の言ったことをひと言も聞いていなかったからだ。「ごめんなさい。もう一度言っていただけます？」

「ジョンソンの評価に同意しますかと聞いたんです。知識の量に関して、ドライデン（ジョン・ドライデン、英国の桂冠詩人、劇作家）とポープを比較した時の、ドライデンのほうがより優れた精神の持ち主だというジョンソン（サミュエル・ジョンソン、英国の文人、辞書編集家）の評価に？」

ルーはぽかんとしてアディを見つめた。それはルーのお気に入りの話題のひとつだったから、自分がなにも意見を思いつけないことが信じられなかった。

「あなたはポープが好きでしょう。それとボンボンと」そんなことを言うつもりはなかったのに。「それから犬も」

アディはめんくらったようだった。「ええ、そのとおり」にっこりほほえむ。「子どもの時ほどではないが、甘い物好きであるのは間違いない。それにもちろん犬も好きで一匹飼っている」

「マクベス」

「そう、マクベスという名前の犬だ。それより、ジョンソンについてですが……」

「英国でもっとも有名な詩人ふたりを並べて、彼らの作品をこきおろすのは、批評家にとってたやすいでしょう。わたしはむしろ、どちらも同じように称賛すべきだと思います。ドライデンも好きですわ、もちろん。でも、ポープはまったく違います。リンゴとナシを比べるようなもの」

アディは考え深げにうなずき、それから、ポープの詩型を深く掘りさげる分析を始めた。

ルーは彼の横に黙って坐り、ため息を呑みこんだ。彼が次にどんなことを話すか、まったく関心が持てないのはなぜだろう？

セント・アディントンとジェシカのことが頭の大部分を占めているいま、馬車の向きを変えて帰宅の途についたほうがいいとアディに言うべきかどうかルーは迷った。

ジョンソンの言葉の使い方とスウィフト（ジョナサン・スウィフト 英国の文人、風刺作家）の使い方を比較した解説が三十分続いたあと、ルーは疲れ切ってへとへとになっていた。

「とても知的かつ刺激的な散策をありがとうございました」むしろ文学の講義のよ

うだったけれど。

そして、セント・アディントンとジェシカに出会いさえしなければ、ルーもその講義を楽しんでいただろう。

22

一見した様子が正しいとすれば、セント・アディントン子爵はジェシカへの求愛を開始した。ルーはそれが嬉しくなかった。まったく気に入らなかった。ルーは朝食の席で卵料理を味もわからずに食べながら、ジェシカがきょうの計画について滔滔としゃべっているのを黙って聞いていた。子爵は、街で自分を救ってくれた男性ではない、ゆえに彼に恋することはないとジェシカは断言したが、それでも彼に夢中になっているとルーは確信した。そしてそれがルーを深く悩ませた。それ以上に気になったのは、子爵がデビュタントたちをもてあそぶという自らの処世訓を無視していたことだ。なぜかわからないが、ジェシカにはその指針を適用していない。ジェシカをもてあそんでいるのか、それとも真剣に求愛するつもりなのか。

どちらの可能性もルーを悩ませた。

子爵が午後に散歩に連れていってくれるとジェシカは説明した。もしもおばさまが許してくださるなら、ということらしい。彼は劇場に連れていくことも話していたという。

「劇場？　どちらの？」

ジェシカは片手をひらひらさせた。「郊外の小さな劇場よ。どこだか忘れてしまったわ。もちろん、あなたとおばさまもご一緒にということよ。演目は『あらし《テンペスト》』だったかしら。違っても似たようなものだったわ。お願い、おばさま、みんなで行ってもいいでしょう？」

「仕方がないわねえ、ジェシカ。ただし、ひとつ指摘しておきたいことは、セント・アディントンがあなたに本気で求愛するつもりでないかぎり、用心して、自分の切り札は見せないこと。彼とのあいだに一線を引いておくこと」

ルーはおばの意見に心から賛成だった。

ジェシカが口をとがらせた。「よくわからないわ、おばさま。彼と一緒に踊るのをみんなに見せることが大事と言い、わたしと踊っていない時はルーと踊らせたでしょう？　それなのに、彼の評判が問題だから、距離を取るべきということ？　なぜ？」

「セント・アディントンは踊りの相手としてふさわしい方だからですよ。結婚となると、財産と爵位を鑑みても、よい相手とは言えません。あなたには幸せな結婚をしてほしい。あなたに関心を寄せている男性で、セント・アディントンよりも評判のよい方はいくらもいるでしょう」

「ええ、でも、わたしのほうが、そのどなたにも関心が持てないのよ。それに」ジェシカがロールパンのもう一方の側にもバターを塗りながら言う。「彼の従兄弟のミスター・アディも同行するわ。わたし、知っているのよ、実は……」ジェシカがルーを見やって言葉を切った。

ルーはロールパンにバターを塗ることだけに集中しようと必死になった。

「アディ？　それは興味深いこと」アネスティナおばの目が狡猾そうにきらりと光る。「本好きの静かな男性だけれど、礼儀が正しく、血筋も間違いないお方。彼が同行するなら、もちろん話はまったく違いますよ。その劇場はどこと言いました？」

ジェシカがおばに向かって説明を繰り返した。

アネスティナおばがルーのほうを向く。「決めましたよ。みんなでその劇場に行きましょう。それから、きょうの午後はあなたも同行しなさい、ルー。セント・アディントンがジェシカだけを公園に連れだすのは適切ではないですからね。そうだわ、こんなに天気がよいのだから、わたくしも行きましょう」

ルーはうんざりした。お邪魔虫でついていき、子爵がジェシカをちやほやする様子など見たくない。でも、なんと言ったら断れる？　ルーはため息をついた。「わかりました、おばさま」

ルーが恐れていたとおり、あらゆることが最悪だった。ジェシカのおしゃべりは止まらず、ハイドパークまでの道すがらずっとしゃべっていた。子爵は冷笑するかのように唇をわずかに曲げてそのおしゃべりに耳を傾け、時折皮肉っぽい感想を述べたが、ルーの妹がその皮肉を理解せずにさらにぺらぺらとしゃべり続けるから、彼はさらにおもしろがっていた。

彼があなたをからかっているのがわからないの？　ルーは妹に向かって叫びたかった。妹に苛立ちを感じていた。なぜ、彼がそばにいるだけで、みんなに期待されるような、頭が空っぽのおしゃべりをするようになってしまうの？　ジェシカが本当はそうでないことをルーは知っている。

しかもなぜ子爵は、あんなふうにジェシカをもてあそんでいるの？

そう思って彼をにらみつけているうち、彼と目が合った。彼は問いかけるように片眉を持ちあげた。

ルーはいまのこの状況を自分で対処しようと決意した。

子爵とジェシカのあいだに分け入り、妹の腕を取って、サーペンタイン池のほうに引っぱっていこうとした。岸辺で子どもたちがカモに餌をやっている。

「ほら、見て！　レディ・ウィルミントンがあそこにいるわ。行って挨拶してきましょう」ジェシカはルーの手を払い、子爵がついてくるかどうかも見ずにひとりで歩きだした。

「今夜の劇場は、あなたも来られますか？」彼がルーのほうに振り返った。

「ええ、よい作品を鑑賞するのは大好きですから。あなたの従兄弟の方もご一緒ですよね？」

「驚いたことに、イエスです。いつもの彼は、居心地よくいられる範囲からなかなか出ないのですが。つまり、ソファと本という範囲だが」

「本当に？　わたしの知るかぎり、彼は劇場もお好きだと思いますけれど」ルーは下唇を嚙んだ。こんなことを言ったら、アディのことを、知るべきでないほどよく知っているとわかってしまう。子爵と話す時は気をつけなければならない。

「ふむ。あなたは彼のことをよく知っているようだ」

「ええ、おそらく。それより、あなたはいかが？　どんな意図でわたしの妹に近づいているんですか？」ルーは思わず強い語調で言った。

「レディ・ジェシカのこと？」

「いいえ、レディ・ウィルミントンのこと」冗談だというしるしにルーは目を剝いてみせた。「もちろんジェシカのことですわ。ほかに妹はいませんから」

「美しい人だ」彼が漠然と言う。

「わたしが訊ねているのはそういうことではありません」ルーは彼をにらんだ。

「妹に求愛するおつもり？」

彼が目を半ば閉じる。「もしぼくがそうしたら？」

ルーは目を細めて彼を眺めた。「閣下、あの子はわたしの妹です。妹をもてあそばないでほしいのです」

「おお、しかし、レディ・ルードミラ。女性をもてあそぶのはぼくの得意分野だ」

「お好きなように得意分野を発展なさればいいわ。でも、わたしの妹はだめです。わたしが禁じます」ルーは彼の目の前でひとさし指を立てて左右に振った。

「きみが禁じる」彼の顔に一瞬苛立ちがよぎった。

「ええ」ルーは顎をぐっと持ちあげた。

「きみが、ぼくに、禁じると」

「わたしが、あなたに、禁じます」

ふたりはサーペンタイン池の前に立ち、にらみ合った。世界が縮小する。ルーに見えたのは、憤りのせいで広がった彼の鼻孔と曲げた唇、頑固そうな目にきらめいた冷酷な光だけだった。

「自分がだれに向かって話をしているのかをきみは忘れていないか、マイガール。このぼくに向かって、なにをしてよくて、なにをしてよくないと指図するとはぶしつけすぎないか」そのあまりに静かな口調に、ルーは身を震わせた。

自分は、彼のマイガールではないし、どんな状況でもそうではないのに、なぜそんな言い方でわたしを呼ぶのかと言い返そうとした時、おずおずした声が割って入った。

「ルー？　子爵さま？」

ふたりははっと顔をあげた。

ジェシカがふたりの前に立っていた。そのうしろには困惑した表情のおばと、柄つき眼鏡を持ちあげたレディ・ウィルミントンがいた。

この人たちはどのくらい長くそこに立って、わたしたちの言い争いを見ていたのかしら？

セント・アディントンは口の中で、ルーとジェシカにだけ聞こえるように小さく悪態をついた。それから、すぐに魅力的な笑みを浮かべた。「ご覧のとおり、レディ・ルードミラとぼくは議論していたんですよ。キーンかギャリックか、どちらがより素晴らしいかについて。レディ・ルードミラはギャリックのほうがいいという確信し、キーンの信奉者であるぼくは、それに同意できないというわけです」

なんとすらすら嘘がつけること、とルーは驚嘆を覚えた。どうすれば、自分も同じことができるようになるだろう！

彼は帽子をあげ、頭をひょいと動かして巻き毛を振り払うと、またかぶった。

それから、優雅なお辞儀とともに、ルー以外の三人の女性の手それぞれにキスをすると別れを告げ、今夜またお目にかかりましょう、舞台上のキーンを見れば、議論の余地なく、自分が正しくて、レディ・ルードミラのほうが間違っているとわかるでしょうと述べた。

そのあと彼はルーの手も持ちあげて口づけ、ルーだけにわかるようにウィンクした。

そして行ってしまった。

ルーは目をぱちくりさせながら、彼の後ろ姿を見送った。

「いったいなんだったの？」ルーの思いを代弁するようにジェシカが言った。

おばがルーを脇に引き寄せた。「気をつけなければなりませんよ、ルードミラ」

ルーはため息をついた。「ええ、わかっています。彼は危険な遊び人」

おばが奇妙な表情を浮かべてルーを眺めた。「彼があなたに対して他の人にするようなちょっかいをかけるのを一度も見たことがないわねえ。むしろ、そちらのほうが心配ですよ」

その日眠りにつくまで、おばのその言葉がルーの頭の中でぐるぐるまわっていた。

すべての社交行事のなかで、劇場に行くことは、ルーにとってどちらかと言えば受け入れやすい。それでも不安を感じていた。せめて後ろの列に坐ることができれば、ほかの人たちを観察していてもだれにも気づかれないかもしれない。

夜になって、アダム・アディがみんなを迎えに現れた時、ルーは彼に会えて嬉しかった。

アディは信頼できる、とルーは自分に言い聞かせた。彼は古くからの親友だから、彼に対しては、なにを期待すべきかわかる。本についても話ができる。二重の意味を勘ぐる必要もないし、品のないあてこすりもなし、議論で疲労困憊することもない。

アディは安全だ。

彼と友だちであることがルーは嬉しかった。

黒い燕尾服を着こなしたアディは、顎の下で真っ白な襞襟が形良く整えられて、とてもハンサムに見えたが、だからといってルーの胸が苦しくなることはなかった。もちろん、彼の従兄弟ほどではないが、充分にハンサムだ。それに、セント・アディントン子爵の美しさは別格だから、比べようがない。

全員が一台の四頭立ての大型馬車に乗って劇場に行ったが、そこに子爵の姿はなかった。

「わたくしたちを劇場に招待しておきながら、彼自身が現れないとはどういうことかしら？」アネスティナおばが不満を述べた。彼女のかぶっている巨大なターバンの紫色の羽根飾りが馬車の天井をこすっている。

「必ず現れますよ」アダムがなだめるように言う。「なにかと遅刻しがちな男で」

そう言いながら、ジェシカの手を取って馬車からおりるのを手伝う。おり立ったジェシカは彼に向かってにこやかにほほえんだ。

「ほら、来ましたよ」たしかに、子爵がどこからともなく姿を現した。黒い燕尾服と真っ白いシャツ、そして銀の胴衣を完璧に着こなしている。ルーは唾を飲みこんだ。ふたたび自分がひるんでいるのを感じた。壮麗な空間のなかで、壁に背中を押しつけて縮こまっているような気持ちになった。

子爵は、ルーに向かってそっけなくうなずいたが、いつもと違って落ち着きのない様子だった。自分のボックス席にみんなを案内して坐らせると、言い訳をして、また姿を消した。

「ほら、やっぱり奇妙だわ」ジェシカが顔をしかめて言う。

ルーもそう思った。そしてまた、自分の隣の席が空いていることにがっかりしていた。でも気にしない、とルーは自分に言い聞かせた。この劇を楽しむと決めている。せっかく劇場に来られた貴重な機会だ。

第一幕が始まったが、子爵はまだ戻ってこなかった。ほどなくルーは彼のことを忘れ、劇に没頭した。

主役のキーンは本当にすばらしかった。助演者たちも全員すばらしかった。舞台装置も精巧でみごとなできばえだった。

それから、キャリバンが登場した。丸い背中をかがめ、舞台上をどすどすと歩く。長いコートの裾が地面を引きずり、長い髪が顔にかかっている。

なんて変わった姿なのだろう！　ルーはその姿をアディに見せたかった。アディが見たら、この舞台をどんなに気に入るだろう――まあ、なにを考えているの？ アディはそこに、ジェシカの隣に坐っているじゃないの。ジェシカのほうに頭をかがめ、キャリバンの髭は間違いなく作り物だと指摘している。

ルーは舞台に目を戻した。そして奇妙なことに気づいた。キャリバンの姿になんとなく見覚えがあるのだ。でもそんなことはあり得ない。命にかけて断言できる。

これまで、こんなにすばらしい演技をする俳優を見たことがなかった。大きいしゃがれ声は豊かで深く、動きは大胆で聴衆はまさに彼に心を奪われていた。そしてそれは、髪を後ろに振り払う頭の動きだった。

ルーははっと息を呑んだ。ベルベットを張った椅子を指で握りしめる。

不可能だ。あり得ない！

しかし、そこに彼はいた。はっきりとわかった。変装して舞台上に、観客全員の目の前にいる。

セント・アディントン子爵がキャリバンだった。

「こんなふうに姿を見せないなんて、セント・アディントンはなんて不親切なこと」休憩時間におばがまた不満を述べた。「あの人には本当にいらいらするわ。ミスター・アダム、あとで彼に会ったら、わたしたちが怒っていたと伝えてくださいよ」

「従兄弟の失礼を謝罪します。本当に行儀が悪い」ルーはアディをじっと眺めていたが、彼の態度は落ち着いていて、従兄弟が舞台にいたことを知っている様子を示してはいない。

「とはいえ」とおばは言葉を継いだ。「劇はとてもすばらしいですよ。とくにキャリバンがいいわ。あの俳優はなんというお名前でしたっけ？」

「リチャード・リドリー」アディはみんなをボックス席から連れだし、人々で混み合った休憩室に案内した。

「聞いたことがないお名前ね」おばが柄つき眼鏡を持ちあげ、そこにいる人々をじろじろと眺める。

「比較的新しい俳優ですが、非常に才能がある」そう話すアディを、ルーは間近に観察した。落ち着いた表情だ。「なんとなく見覚えがあるわ」ルーは言った。「そう思いませんか？」

ルーのほうを向いたアディは、どこかおもしろがっているようだった。「あの俳優は、舞台のおぞましい怪物たちのひとりですよ。いったい、だれに似てると思ったのですか、その人が気の毒だ」

ルーは率直に話そうと決めた。「身のこなしのなにかが、あなたの従兄弟を思いださせるのです」

アディが咳きこんだ。

「セント・アディントン子爵ですって！」そう言ったのは彼の向こう側にいるジェシカだった。「まさか、そんなことはないでしょう、ルー。キャリバンはジャガイモのような醜い鼻をして、ひどく背中が曲がっていたわ。でも、子爵はあんなに美しいですもの。あなたが子爵を嫌いなのは知っているけれど、あのふたりを比べるなんてとんでもないことよ」

「そうね。わたしの目が曇っていたんだわ。忘れてちょうだい」話は終わりというようにルーは手を振った。

しかし、アディは鋭いまなざしでルーを見やった。そのまなざしと目を合わせると、彼は口角を持ちあげて小さくほほえんだ。そして、すぐに視線をそらした。

アネスティナおばがクジャクの羽根の扇子をあおいだ。「シャンパンを飲みたいですね。ここはひどく蒸し暑いし、喉が渇きましたよ」

「かしこまりました、奥さま」アダム・アディは人々を掻き分けて遠ざかり、すぐにシャンパングラスの盆を持った従僕を連れて戻ってきた。

ルーはありがたくグラスを取り、少しすすった。

おばは、隣のボックス席の友人レディ・アドキンスと最新の噂話にふけり、アダムは笑みを浮かべて、ジェシカが劇について批評するのを聞いている。

ルーは大理石の胸像にもたれ、扇子で自分をあおいだ。室内がかなり温かいというだけでなく、興奮しているせいもあってとても暑かった。

「まさか本気で彼女と結婚するつもりじゃないだろう？」胸像の裏側から、ものうげに話す男性の声が聞こえてきた。

「もちろんそんなことしない。グレトナまでの半分の道のりも行けないいさ」

ルーは腕の産毛が逆立つのを感じた。

その声をルーは知っていた。鼻にかかった声。あのにやけた男だ。

前にも聞いた。あの舞踏会の晩の図書室。セント・アディントンとカーテンの後ろに隠れているあいだ、男がレディに求婚し、グレトナグリーンへ駆け落ちしようと提案していた。

「きみの目的は、スティルトン、いったいなんなんだ？」

だれかが嗅ぎタバコを一服し、鼻を鳴らすのが聞こえた。

「復讐だ、もちろん」

「娘を破滅させることによってか？　まさにきみのやりそうなことだ」

「彼女の父親と兄は偉すぎて、身分の低いぼくなど歯牙にもかけない。ぼくも最初は高潔に振る舞おうと、求愛のために屋敷を訪ねたが、蹴飛ばされて石段を転がり落ちたよ。身分が低すぎて、娘にはふさわしくないそうだ」

「いかにもマクルズフィールドらしい対応だな。家柄のよさも傲慢さも折り紙つきだ」

「公爵だろうがなかろうが、そんな仕打ちは許さない。自分の娘が破滅させられたと知れば、知性も家柄も役立たないとわかるだろう。そうなれば、やつはこのぼくでも結婚相手としてありがたいと思う。ぼくがこう言ったのを覚えていてくれ」

「すばらしい計画だ、スティルトン」

ふたりの声がさらに近くに聞こえた。ルーは壁に身を押し当て、胸像がうまく隠してくれていることを願った。

男たちはいまやルーの隣に立っていた。エウスタキオ・スティルトン卿の花の香水の香りと汗の混じった匂いをルーは嗅ぐことができた。そして吐きそうになった。

ふたりはルーのそばを通りすぎた。ちらりと目をあげると、紫色の胴衣でめかしこんだ男はたしかにスティルトンで、もうひとりのものうげに話していた紳士はハーグリーヴ卿だとわかった。ルーのおばが、通りすがりに彼と短く挨拶を交わした。

どちらの男性もルーを見なかった。

ルーの心臓は早鐘を打ち、手は汗ばんでいた。

以前のあの時の情景が再演されているかのように感じた。

両手を握りしめる。

マクレスフィールド公爵の令嬢。美人で退屈な女性。よく知るほど親しくはないのは、彼女がルーを本当には見ていないレディたちのひとりだからだ。図書室ではふたりは愛し合っているのかと思ったが、そうではなかったらしい。ルーは令嬢が気の毒になった。

頭の中が混乱したまま、ルーはボックス席に戻った。

「やあ、戻ってきましたね、レディ・ルードミラ。セント・アディントンが姿を消したうえに、あなたもいなくなったかと心配していたんですよ。よかった、よかった」アディが手を貸して、ルーが座席につくのを手伝った。

「どこもかしこも人が多すぎて、迷子になってしまいそうでした」ルーは息を切らしていた。

後半の上演のあいだずっと、ルーは舞台に集中できなかった。立ち聞きしたことで心が掻き乱されていた。だが、キャリバンがふたたび舞台に走りでた瞬間、マクレスフィールド公爵令嬢のことは忘れて、彼にだけ集中した。

彼はセント・アディントン？　それとも違う？　自分の想像に過ぎない？　でもその時また、あの動きがあった。非常に彼らしい動きだ。これは偶然なの？　もしも舞台上にいるのでなければ、いま彼はどこにいるの？　子爵が俳優という二重生活を送ることなど可能だろうか？　とはいえ、そう考えても、なぜかルーは驚かなかった。いかにも彼がやりそうなことだ。

どこまでが、とルーは思った。彼のどこまでが本物で、どこまでが演技なのだろう？　大半は演技をしているのだろうか？　放蕩者という役を演じている？

これまでもほんの数回、真の彼を見たとルーが思った貴重な瞬間があった。

わたしは彼のことをまったく理解していない、それがルーの出した結論だった。

23

舞台に立っている時は、自分の全細胞が活性化していると実感する。今夜の演技は我ながら、これまでもっともよいできだった。舞台に出た瞬間にその役割に没頭し、その役柄になりきる。ほかのことはすべて忘れる。演技をしている自分自身さえ忘れ、すべてが架空の世界に姿を消し、その中だけに存在する。それは素晴らしいことだった。

彼が実はなに者か、だれひとり疑ったりしない。彼の本当の正体をだれも知らない。彼は幾度か左手のバルコニー席を見あげ、彼女が坐っているのを確認した。自分でもよくわからないなんらかの理由で、彼女がそこにいると知るだけで元気づけられた。

今夜、彼は彼女のために演技をしていた。

そして、万雷の拍手。彼女が立ちあがり、拍手喝采しているのが見えた。

めくるめく幸福感が全身の血管を駆けめぐった。

これこそが人生だ。

これこそが。

「レディ・ラザフォードはきみが消えたことを大変怒っていたぞ」その晩家に帰りつくと、アダムが従兄弟にそう告げた。

「そうか、そうなることは予測していたが」セント・アディントン——エイドリアンは杖の先に掛けた帽子をくるくる回そうとした。だが、公演が大成功だった祝いで飲み過ぎていた。キーンでさえも、彼の肩を叩き、褒め称えてくれた。それを思いだすたびに、誇りで胸が一杯になる。

「気をつけたほうがいい。レディ・ルードミラはきみだと気づいていたかもしれない」エイドリアンは回そうとしていた帽子を落とした。「彼女が？　もちろんそうだろうな。賢い人だ」彼はひとりごとのようにつぶやいた。「なんと言っていた？　あの劇を気にいったのかな？　彼女は評価していたか——ぼくを？」

「ああ、気に入っていた。もちろんそうだろう。そして、キャリバンときみが似ていると思っていた。身振りとか癖とかそういう点でだと思う」

「まさか。悪口のつもりで言ったのかもしれない。あの前にちょっとした口論をしたからね。実際にぼくとわかったわけではないだろう」

「それはどうかな。彼女は非常に観察眼が鋭い」

「たしかに慧眼で辛辣。しかも鋭い知性の持ち主だ」エイドリアンはゆったりした歩調でサイドテーブルまで行き、自分のために、グラスにブランデーを注いだ。デカンターを持ちあげ、従兄弟に目を向ける。

「いや、ぼくはけっこうだ」アダムは腰をおろし、脚を組んだ。

「きみは彼女のことが好きなんだろう？」エイドリアンはグラスからひと口飲んで尋ねた。

「レディ・ルードミラのことを？」

「うむ」

「もちろん好きだが」アダムは顔を赤らめた。

「彼女と文通していたのか？」

アダムが驚いたように従兄弟を見やった。

エイドリアンはグラスを振ってみせた。「ラザフォード邸から一、二回手紙が届いたとジェームズが言っていたが、ぼく宛ではなかった」

「ああ、それか。たしかに文通したな、少しだけ」アダムの顔がさらに赤く染まった。「多くは本のことだが、最近は途絶えている」

エイドリアンは従兄弟の赤面を眺め、考えこむようにグラスに向かってうなずいた。

アダムは問題を抱えているらしい。「きみに訊ねたいことがある、従兄弟よ」

「なんでも聞いてくれ」

アダムは深く息を吸いこんだ。「先日、きみは結婚を考えていると言っていた。冗談ではないと思ったのだが」

エイドリアンはグラスをくるくる回しながら、中の茶色の液体を見つめた。「うむ。冗談ではなかったかもしれない」

「ぼくの聞きたいのはこういうことだ。もしも結婚を真剣に考えているならば、なぜ、その女性に求愛しない？」

エイドリアンは目をぱちくりさせた。「だが、しているじゃないか。きのうは公園を散策した。花束も贈った。きょうも公園に行った。花も届いた」指を使って数えあげる。「あしたも公園に行くつもりだ。花もちゃんと贈る、やれやれ。ほかにいったいなにをすればいいんだ？」

今度はアダムのほうが目をぱちくりさせた。「ぼくにそれを訊ねるのか？」

エイドリアンは肩をすくめた。「今夜は劇場に連れていった。たしかに、ぼくは一緒にいたわけではない。だが、同じ場所にいた」彼はにやりとした。

「おいおい、エイドリアン、真面目な話をしてくれ」アダムが眉毛をこすった。

「真面目に言っているさ。女性のことで、ここまで真面目になったことはない」またグラスを凝視する。

「そうか、だが――怒らないで聞いてほしいのだが――、きみは前に一度、レディ・ルードミラがきみの関心に応えないと言っていた。たしかに彼女はなんらかの理由で、きみを嫌いだと決めつけているようだ。そうだとしても、きみのせいだが」

エイドリアンはぎょっとして顔をあげた。「レディ・ルードミラ？　ぼくたちはレディ・ルードミラの話をしているのか？」

今度はアダムが驚いて顔をあげる番だった。「なんだと？　もちろんだ」混乱したように頭を振る。「ウィンドミア家のふたりのレディのどちらについて話しているんだ？」

エイドリアンは鋭いまなざしを向けた。「きみがどちらを考えているにしろ、もうひとりのほうだ」

アダムは見つめ返した。「もうひとりのほう。それはどういう意味だ？　なぞなそのようだ。きみはどちらにも言い寄っている、いかにも悪党のやりそうなことだ」

エイドリアンは小さく笑った。「どうもお互いに誤解しているようだ。ぼくが真剣に言い寄っているのはレディ・ジェシカだ、もちろん」

一瞬沈黙が流れた。

「レディ・ジェシカか」アダムは立ちあがり、自分にブランデーを注いだ。「なるほど」

「彼女は第一級のダイヤモンドだ」

「そのとおりだ」

「姉ほど辛辣ではない」エイドリアンが考えこむ。「そこまで知性的というわけでもない」

「それはどうかな。レディ・ジェシカは姉のような文学少女ではないが頭はいい」アダムは立ちあがった。「失礼してよければ、かなり疲れたので、部屋に戻るとしよう」

エイドリアンは手振りでどうぞと促した。

アダムが出ていったあと、彼はブランデーのグラスをじっとのぞきこんだ。「おもしろい」そうつぶやき、それからブランデーの残りをいっきに飲み干した。「非常におもしろい」

24

翌日、ルードミラとジェシカの両方に花が届いた。

「バラだわ」ジェシカが言った。「赤いバラ」花束に顔を埋めて頬の紅潮を隠す。

「セント・アディントンからだわ」アネスティナおばが、添付のカードを読んで非難するように鼻を鳴らした。「どうやら本気のようですね。なんて奇妙なこと」

「なぜ奇妙なの、おばさま？　紳士がわたしに求愛してくれているのに、それが奇妙だと？」ジェシカが口をとがらせた。「彼は紳士であるだけじゃなく、貴族なのだから、よい結婚相手でしょう。もちろん、彼の評判を忘れる必要があるけれど」

　おばはまた鼻を鳴らしたが、それには答えなかった。

　ルーは自分宛の花束を受けとり、にっこりほほえんだ。いかにも元気が出そうな彩り豊かな花束の花材はチューリップとカーネーション、そしてシャクヤクの花だ。こちらに添付されていたカードには、アダム・アディ《Adey》と署名されていた。アディ《Adey》はいつもなにが最善か知っている、とルーは嬉しく思った。それから、アディに求婚されたら、自分はそれを受けるだろうと思った。アダム・アディと所帯を構えることは、ほかのなによりも想像しやすかった。ニワトリのいるルーの田舎家で、彼は家の前のベンチに坐って本を読み、ポープについて議論している。空は青く、太陽が輝いている。居心地のよいこぢんまりした情景。

そして少し退屈。

でもそれでいい。退屈のほうがましだ、不誠実で浮気をする放蕩者よりも。

マシューのように。

セント・アディントンのように。

ある日の午後、ルーたちはレディ・サマセットが開催する冬のピクニックに招待された。アネスティナおばは絶対に行くようにと言い張った。ルーはこれまで冬のピクニックに行ったことがなかった。

「最新の趣向なのよ。夏らしい飲み物の代わりに、温めたワインやジンジャーブレッドクッキーを供するの」ジェシカが説明する。「凍りついた地面に毛布を敷いて坐っているのは、いくらなんでも寒すぎると言わざるを得ないけれど。せめて温まれる焚き火があってほしいわ」

「温かい服を着て、毛皮のマフとか防寒具を充分に持っていくようにしなさい」アネスティナが口を挟んだ。「それから、ジェシカ、あなたはもしもセント・アディントンに会ったら――おそらく会うでしょうけれど、感じよくバラの花のお礼を言い、それからホートン卿と散歩に行きなさい。彼は伯爵で、最近あなたに関心を示していらっしゃるわ」

ジェシカはうつむき、膝に置いた両手を握りしめた。「わかりました、おばさま」

ルーはびっくりして妹に目をやった。妹はなぜこんなに従順なのだろう？

「そしてあなたは、ルードミラ、ミスター・アディが散歩に誘ってきたらお受けしなさい」

「もちろんですわ」

それは少しも嫌ではなかった。歩きながら本について議論できる。ルーにとっては嬉しいことだ。

とはいえ人生はさまざま、実際のところ、ものごとはまったく違う方向に進んだ。ジェシカと歩きたい気まんまんだったホートン卿は、断固たる決意を持ったフィリッパ・ペドルトンに引きずられていった。アダムは突然の風で湖の方向に飛ばされたジェシカのスカーフを追いかけていき、そのあとをジェシカが小走りについていったので、ルーは気づくと、セント・アディントンの皮肉っぽいまなざしを見つめていた。彼が黙って腕を差しだした。小さな森の小道づたいに歩いていくと、開けた場所があり、そこに仏塔《パゴダ》（東洋風の屋根のついたあずまや）があった。木々の背後に隠れ、ほかの人々の声も聞こえない。夏の時期なら、この場所はすばらしいに違いないとルーは思った。いまは、木々は葉を落とし、地面はただの茶色でなにも生えていない。でも、その荒涼とした風景がルーは好きだった。

「冬のピクニックの企画はすべてレディ・サマセットに任せるとして」子爵が言う。「氷や雪と遊ぶのはごめんこうむりたいものだ」

「わたしはむしろ好きですわ。いつもとまったく違いますもの。新鮮で冷たい空気のなかにいるのは、むっとした舞踏室にいるより気持ちがいいわ」

「劇場とか」

「劇場とか」ふたりの目が合った。

「先日の劇をとても楽しんでくれていたと聞いた。ぼくは残念ながら、ほかのことで手間取って合流できなかったが」彼はコートのカフスをいじった。

「ええ、そうですわ。すばらしい舞台だったのに残念。本当に貴重な体験でした」

彼の表情がぱっと明るくなった。「そう思った？　本当に？　どうだろうか、だれの演技がもっともよかったかな？」

「キーンですわ、もちろん。彼の演技は最高です」

「もちろん、もちろん。キーンは本当にすばらしい。ぼくもいつもそう言っている」彼が期待するようにルーを見つめた。「ほかになにか、あるいはだれか、よいと感じたところは？」

ルーは唇を噛んで笑みをこらえた。「ほとんどの俳優さんは、皆さん才能があると思いました」

「ほとんど？」

「ええ、そうね、ほとんど」

「だれが、そのほとんどには、例えばだれが含まれている？」

ルーはあずまやの斜めの屋根を観察するふりをした。「ミランダとエーリエルはよかったわ」

「それから？」彼がまた期待をこめてルーを見つめる。

「それから？」

「キャリバンはどうだったかな？」

「演技は非常によかったです。はっと印象的で、しかもおもしろくて」

「演技がうまくなかったかな？　つまり、ぼくはいなかったらよく知らないのだが」

ルーは真剣な面持ちで彼を見つめた。「あれはあなたですよね？」

「ぼく？」彼が驚いた顔でルーのほうを向いた。

ルーも彼のほうを向いた。「あなたは俳優なんでしょう？　あなたがキャリバンを演じたんだわ。そうでないふりをする必要はありません。わたしにはあなただとわかりましたから。あの曲がった背中はひどく醜くて苦しそうだった。どうやったのでしょう？」

「枕だ。それで？」

「それでなに？」

「きみはどう思った？」彼の顔に期待に満ちた表情が浮かぶ。まるでルーの答えが彼にとって重要であるかのようだ。

ルーはためらった。

「それで？」

「本当にすばらしかった。あなたはすばらしい俳優です」

彼が息を吐いた。「本当にそう思うか？」

「ええ。あなたはキャリバンを完璧に体現していたわ。もちろん、比較できるほど

『テンペスト』の舞台を見たわけではないけれど、すばらしいできだったと思います。あなたは才能あふれる俳優だわ。それがあなたのやっていることなのね、密かに」

「なぜぼくだとわかった？」

「さあ、どうでしょう。手の振り方とか、頭のちょっとした動きとか、何回か頭を後ろにひょいとそらしたところ？　あなたが時々やることだわ」ルーはしばらく考え、それから首を振った。「でもやはり、なぜあなただと確信したかはよくわからないわ」

子爵は男子生徒のようににやりとしてみせた。「あなたは非常に洞察力がある、レディ・ルー」

「ほかの人たちがだれもあなたとわからないほうが不思議」

「たいていの人々は、自分が思ったほど洞察力に優れていないものだ。見聞きするものをそのまま鵜呑みにして、真実を推測さえしない」

「どのくらい長く俳優をやっているんですか？」

「数年だ。実はキーンに演技指導をしてもらっている」ふたりはあずまやに続く石段をのぼりきった。あずまやはさほど大きくない木造の建物で、四本の柱が立ち、真ん中にベンチが置かれていた。

「セント・アディントン子爵が二重生活を送っているなんてだれが思うでしょうね」ルーはからかうように言いながらベンチに坐った。「でも、心配しなくて大丈夫、あなたの秘密は守ります」

「だれにでも、秘密はあるものじゃないかな？」彼の瞳に浮かんでいる表情がなにを意味するのか、ルーにはわからなかった。

ルーは急いで目をそらした。「秘密と言えば、劇場で男性ふたりがレディ・シンシア・ヴァンヒールについて話しているのを小耳に挟んだのだけど」

彼は木の柱にもたれて腕を組み、ブーツを履いた脚を交差させた。「ヴァンヒール？」

「あなたもご存じよ。マクレスフィールド公爵のご令嬢。図書室にいた繊細な足のレディですわ。ほら、カーテンの後ろに隠れていた時のこと。あなたの言うとおり、男性はスティルトン卿でした。彼がほかの紳士に、たぶんハーグリーヴズ卿だと思うのだけど、レディ・シンシアと本気で駆け落ちするつもりはないと言っていたの。彼の目的は彼女を破滅させること。彼女の父親に対して復讐するために。その父親というのが、マクレスフィールド公爵というわけ」

「通俗恋愛劇《メロドラマ》のようだ」

ルーはぱっと立ちあがった。「あなたの感想はそれだけ？　通俗恋愛劇みたいだと？」

彼は肩をすくめた。「ほかになにを言うべきなんだ？　ほかの男の問題に口出しするべきではない、とくに女性に関することは、というのがぼくの生きる指針のひとつだ」

「でも、レディの評判が危機に瀕しているのよ」

「だから？」

ルーは地団駄を踏んだが、残念ながら、その動作はなんの効果ももたらさなかった。

「いかにもあなたらしいわ！　あなたになにかを期待したほうが間違いだったわ。あなた自身がもっとも無慈悲だと証明されているんですものね、こと女性の評判に関しては」

「おやおや！　結局のところ、レディ・ルードミラもセント・アディントンの放蕩三昧についての噂話を真に受けているわけか」

「噂話ではありません。あなたがひどいことをするのを、この目で見ましたから」

彼の顔が石のように冷たい表情に変わった。「詳しく教えてくれ、レディ・ルードミラ。いつ、どこで、なにを見たというんだ?」

「ウィトルバラの舞踏会で。十年前」ルーは大きく息を吸った。「マシュー・フレデリックスがまだあなたの取り巻きのひとりだった頃」

彼女の言葉が宙にぽっかり浮かんだ。

「やはり覚えていたのか、レディ・ルードミラ」彼が静かな声で言った。

ルーはくるっと振り返って彼を見つめた。「もちろん覚えているわ。あのカードルームで口にされた卑劣な言葉は一言一句覚えています」

「実を言えば、ぼくはあの時のことをほとんど覚えていない。かなり酔っていた。ぼくはどんなことを言ったんだ?」鷹揚で魅力的な紳士から、カードルームの冷笑的な放蕩者まで、彼の表情は刻々と変化する。

ルーは心の葛藤と闘った。そして、もはやどうでもいいと決断した。あごを持ちあげる。「あなたはマシュー・フレデリックスに向かってこう言ったの。〝きみがあのウィンドミア家でもっとも器量が悪くて地味な女性に、目を開けたままキスをする勇気を出せないほうに百ギニー賭ける〟と」

セント・アディントンはルーを凝視した。それから、頭をそらし、そして――笑いだした。

「なんということ。よくも笑えるわね」ルーの唇は怒りで白くなった。

「許してくれ。それはひどすぎる。ぼくは自分が思っていた以上に酔っていたに違いない。なんとばかげたことを言ったのだろう。酔っ払った賭博師をひとまとめにしたら、なにが起こると思う？　ドライデンやポープに関して議論するとは期待しないだろう？　こう言って慰めになるかどうかわからないが、ぼくたちはありとあらゆるばかげたことに賭けていたんだ。レディの耳には決して入れたくないようなことがらまで」

「まあ！　そしてこう言うのね。〝それが男というもので、男たちが話すのはそんなことばかりだ〟。そう言えば、すべてが許されるとでも？　それこそ、極めて卑劣な行為だと思います」

「あのことわざはなんと言ったかな？　立ち聞きする者は、自分のよい噂は決して聞かない？」彼がまた柱にもたれた。きざな笑みが口元に見え隠れする。

ルーのなかに怒りが沸き起こった。あのできごとを軽視し、聞いていたほうが悪いかのように、ルー自身の咎に転嫁するなんてとんでもないことだ。「わざと立ち聞きしたわけではないわ。ただあそこに立っていたのを、だれも気づかなかっただけ。それをわたしのせいにするなんて、なんてひどいこと」

彼が額をこすった。「きみの言うとおりだ」

「それにわたしは――、なんですって？」

「きみが正しいと言ったんだ。ぼくはきみに謝罪をしなければならない」彼は品よく頭をさげた。

ルーはぼう然と彼を見つめた。こんなふうに突然謝罪して、拍子抜けさせるなんて、いったいどういうこと？

「これほど長いあいだ、一言一句違わず覚えていたとは、ぼくはよほどひどくきみを傷つけたに違いない。十年。なんということだ。しかもそのすべての言葉を覚えているとは。きみに聞かせるべきではなかったし、それにきみが正しい。あまりにひどい言葉だ」彼は頭を振った。「酔っていたという以外になんの言い訳もできない」

「わたしは、ええと」ルーはなんと答えればいいかわからなかった。

「それでマシューは？　彼はぼくの言葉を本気にしたのか？」

「知らないわ」ルーは激しくまばたきをした。

「興味深い」彼は考えこむようにルーをじっと見つめた。「つまり、彼はきみにキスをしようとしなかった？」

ルーは胸の前で腕を組んだ。「わたしと結婚するのは、ただ財産のためだけだと言っていたのを覚えているわ。そのあと、二度と会いませんでした」

「そうなのか？　ということは、結果として、ぼくはきみの役に立ったのかもしれないかな？」

彼が言ったことには一理あるが、ルーはどうしてもそれを認めたくなかった。都合よく目の前に立っているからには、責めの矢おもてに立ってもらおう。

「あなたは賭けを三倍にするとも言ったわ」

「すばらしい記憶力だ」彼はやわらかな口調で言い、ルーのほうに一歩進んだ。

ルーが一歩さがると、脚の後ろが木の手すりにぶつかった。彼がもう一歩前に出た。ルーはこれ以上さがれない。彼が両腕を伸ばしてルーの両脇から背後の柱につき、ルーを閉じこめた。

「ぼくはなんと愚かだったことか」彼はつぶやく。それを聞いてルーの腕の産毛が逆立った。

「やってみたらいいわ」自分が言っている言葉を聞きながら、ルーは自分の頭が完全におかしくなったに違いないと思った。「ウィンドミア家でもっとも器量が悪くて地味な女性に、目を開けたままキスをしてみたらいいわ」挑戦するように顎をくいっと持ちあげる。

彼の視線がルーの目から唇におりた。「挑戦に応じよう」

ルーは息を止めた。彼が頭をかがめる。ルーの心臓は飛びだしそうなほど連打し、胃が宙返りを打った。彼の口が飢えたようにルーの口にかぶさった。彼の固い唇が反応を要求する。ルーの全身が頭のてっぺんからつま先までぞくぞくうずいた。

ありえないことだけど、ルーは彼にキスを返した。それから、思わず閉じていた目を開けた。

青緑色の海に溺れそうだった。

これだわ、と思う。

これよ。

このキスが永遠に続いてほしかった。ルーが自分でも知らないあいだに這いあがった片手を彼の巻き毛に埋め、もう一方の手を彼の肩にかけてしがみつくと、彼の唇は動き始め、ルーの唇から顎、そして耳まで蝶が止まるかのような甘美なキスを這わせていった。

その時、彼がはっと身をこわばらせて頭をあげ、声に出して悪態をついた。

「ど――どうしたの？」ルーは片手をおろし、振り返った。
あずまやに通じる小道の外側にひと組の男女が立っていた。
フィリッパ・ペドルトンとホートン卿がぎょっとした顔でルーたちを凝視していた。

25

　なんという離れ業、と上流社会の人々は噂した。礼節と善行の権化である公爵令嬢レディ・ルードミラ・ウィンドミアがこれほど完膚なきまでに自分を破滅させるとは。このほかほかの美味しい噂話を拡散させることに、ミス・フィリッパ・ペドルトンとホートン卿は情熱を傾けた。その結果、噂話は早朝にテムズの川面を覆う霧よりも速く広く、そしてねばり強く確実に広まった。

　未婚女性じゃないの！　地味な年増女！　ずっと独身でいるはずの人でしょう！　ロンドンでもっとも愛される悪名高き放蕩者とキスしていたなんて！　みんなが目撃する公園という公共の場で！　よくもそんなことを！　年増の未婚女性はキスなんてしないものよ！　とくに放蕩者とは！　絶対に！

　あんな未婚女性までセント・アディントン子爵の魔力にかかってしまうとは、この世はいったいどうなっているの？

　だが、不思議ではないぞ、とほかの声が残酷に言う。なんといっても、セント・アディントンだ。彼はやろうと思えば、サルでも誘惑できる。セント・アディントトンに誘惑以外、なにか期待できるか？

かくして、くすくす笑いと衝撃を受けたふりのあえぎ声とさらなる噂が追加されつつ、その噂話は拡散していった。

通常は噂話など信じないルードミラだが、今回はなんの言い訳も抵抗もできなかった。なぜなら、悲しいかな、その噂は議論の余地なく完全に真実だったからだ。さらに悪いのは、それがルーの自業自得ということ。ルーがセント・アディントンをあおり、キスをするように迫ったのだから。

この状況で最悪——あるいは最良——なのは、ルー自身が後悔していないことだ。ほんの少しも。

「あの飲み薬を持ってきてちょうだい」アネスティナおばがソファに横になり、ミルドレッドおばと同じように、まるで日光がまぶしいかのように片手で目を覆っていた。

アネスティナおばをここまで打ちのめしたということは、事態は非常に悪いに違いない。ルーは手提げ袋の取っ手をいじりながら、自分が体面を汚した女学生であるかのように感じていた。実際、それこそルーがやったことだ。

小間使いがアンモニアの気付け薬を持ってきた。

「これじゃないわ」アネスティナおばが手を振って拒否する。「あのもうひとつのほうよ。ドクター・ロズリーの万能秘薬《エリクシル》。この一時間の恐怖とショックをすべて体から取り去ってくれる薬、それこそいまわたくしに必要なもの。あなた、いったい全体なにを考えていたの？」おばが両手を揉みしぼる。あれほどばかにしていた秘薬に頼ろうとするだけでも、いかにおばが動転しているかがわかった。

「どんな感じだった？」ジェシカがルーを客間の隅に引っぱっていった。声を落として言う。「放蕩者とキスすることという意味だけど」

ルーは考えた。ありとあらゆる言葉が浮かんでくる。驚き。高揚。情熱。もしもひとつだけ選ぶとしたら……「魔法のようだったわ」

ジェシカが両手を叩いた。「まあ、そうだったの、本当に？　なんてわくわくするんでしょう！」

タカのように聞き耳を立てているアネスティナおばが言う。「わくわくですって、なんというたわごとを。あなたはいますぐ彼と結婚しなければなりません」

「いいえ」

アネスティナおばが身を起こした。「聞き間違いだったに違いないわね。まさか、いいえと言った？」

「でも、ルー、ロンドンじゅうが噂しているのよ。あなたの評判は地に落ちてしまったのよ。もはや、あなたを受け入れる人はいないわ。だれひとり。わたしの結婚の可能性もなくなりそうね。わたしも、あなたが彼と結婚するのが最善策というおばさまの言葉に賛成よ」ジェシカがにこやかにほほえむ。

「わたしが自分の評判を破滅させ、あなたの結婚の可能性までなくしてしまったのに、なぜそんなに幸せそうなのか、まったくわからないわ」ルーはこぼした。

「幸せじゃないわ」ジェシカが満面の笑みを浮かべて言い張る。「ただ、現実的に考えているだけ。それに、たぶんあなたが正しいわ。あなたがわたしより先に結婚するのが嬉しいのかも。そうなるだろうってわたし、言っていたでしょう？」

ルーはうめいた。

「少なくとも、ふたりのうちひとりは多少の常識は持ち合わせているようね」アネスティナは秘薬の半量ほどを水のグラスに注ぎ、いっきに飲み干した。「ルードミラ、わたくしの大事な子！　ウィンドミアの女性は既婚者だけと言ったのは、その目的を達成するために自暴自棄になって、自分の評判まで投げ打ってほしいという意味ではなかったのですよ。よりにもよってセント・アディントンとは。たしかにね、彼も結婚相手として悪くはないわ。現に子爵で、財産もかなりなもの。でも、結婚にふさわしい男性全部のなかから、なぜあんな放蕩者の悪党を選んだの？」

「計画していたことではないんです、おばさま」おばの言葉に傷つき、ルーはしょんぼりと答えた。「未婚のままでいるつもりだったんです、信じてください」

「いまとなっては、それは不可能ですよ。彼と結婚しなさい。最終決定です」

ルーが抗議しようと口を開いた時、執事が現れた。「紳士の方がお見えです、奥さま」

ルーは身を固くした。

執事が名刺を持ちあげる。「ミスター・アダム・アディです」

ルードミラは思わず安堵のため息をついた。

「セント・アディントン子爵がご一緒です」

ルーははっと息を吸いこんだ。

「あの悪党！」アネスティナおばは椅子から起きあがり、髪を撫でて整えた。「すぐにご案内して。そして、リチャーズ、お茶もお願いしますよ」

「かしこまりました、奥さま」

お茶？　どうすれば、みんなで客間に坐ってお茶を飲めるというの？　セント・アディントンと地球が粉々になりそうなキスをしたばかりではないかのように？

どうすればいいの？　なにをすべき？　玄関広間のほうから男性たちの声が聞こえてきた。戸口から飛びだしていくのは論外だ。

ルーの視線が窓辺に飛んだ。できるかしら――？　地面まで二階分の高さがある。窓を開けて飛びだすことはできる――もちろんできない。ばかげている。

ぎこちない足どりで椅子に近づき、なんとか腰をおろした。ジェシカがルーの隣に腰をおろし、安心させるように、冷たい両手をルーの手に重ねた。

ふたりの紳士が部屋に入ってきた。ルーはぴょんと立ちあがり、膝を折ってお辞儀をすると、また椅子に坐りこんだ。

気まずい沈黙が支配するなか、リチャーズがお茶のポットとお菓子をたくさん載せた皿を運び入れ、そして出ていった。

セント・アディントンの顔には、攻撃されまいとするような表情が浮かんでいる。いぶかしげな、やや皮肉めいた表情だ。

アダム・アディの額に皺が刻まれているのは、心配しているせいだ。「突然の訪問をお許しください。だが、ぼくは――ぼくたちは――まずはこの件を冷静に理性的に相談するのが最善策だという結論に達したのです。良識ある人間として。当然ながら、ここにいるセント・アディントンが正しいことをすることに疑問の余地はありません」

「そうなのか」セント・アディントンは胸の前で腕組みすると、目の前に置かれた菓子の皿に真剣な視線を注いだ。

「セント・アディントン」アネスティナおばが背筋をまっすぐ伸ばし、いかにも上からの高飛車な言い方で詰問した。「それはどういう意味です？」

「どういう意味もありません」アディが急いで口を挟む。「今回の不祥事は疑う余地なく重大であり、レディ・ルードミラの評判を危うくしたことについて、この男の頭でなにが起こっているか、起こっていないのか想像もできませんが、少なくとも、彼は巷で言われていることとは正反対の人間なのです。やってしまったことはやってしまったこと、それについては、なかったことにはできません。しかし、最終的には、すべてが正され、すべてがうまくいきます。いずれおわかりになるはずだ」

セント・アディントンが自分の鼻梁をつまんだ。「アダム、黙ってくれ。さあ、まずはボンボンをひとつ口に入れろ」彼が銀の皿をアディの目の前に差しだした。

アディが手を振って皿を押しやる。

「あなた」アネスティナおばが恐ろしい声で言い、子爵の目の前に人さし指を立てて左右に振った。「あなたは、一歩踏みこみすぎましたよ。ウィンドミア家の女性の評判を破滅させた。だれも、繰り返しますが、だれも、そんなことをして罰を受けない者はいません」

子爵が椅子のなかで身を縮めた。

彼はいつになく緊張しているようにルーには感じられた。アネスティナおばが目の前で指を振り、彼を脅したのだから当然のことだろう。しかし、それ以上になにかあるように感じられた。部屋に入ってきて、ルーと一瞬目が合った時、そこには言葉にはならないものが浮かんでいた。あれはルーへの問いかけだった？　そのまなざしにルーは困惑を覚えた。でも、彼はすぐに目をそらしたから、ルーはただの想像だと思ったのだった。

彼がルーと結婚したくないのは明らかだ。彼がここにいることが、その反対の意味を持つとは一瞬たりとも考えていない。彼は放蕩者で、放蕩者は結婚したがらない。

まあ、わたしもそうだけど。

ルーは、自分を望んでいない人との結婚など、絶対にしたくなかった。

そもそも、彼がルーとキスをしたかったはずがない。ルーが彼を挑発し、キスをするように迫ったのだ。彼は放蕩者だから、もちろんその挑発に抗うはずもない。自分が挑戦しなかったら、彼が自分の意志でルーにキスをするなどあり得なかったという事実がなにより最悪だ。そう考えただけで胸が苦しくなった。

いまやだれもが、ルーがなにを望んでいるのかを訊ねている。でも、自分でもわからない時に、なんと言えばいいの？

自分が望んでいるのは……ああ、なにを望んでいるのか本当にわからない。

むかしむかし、自分はアディと結婚したかった。

アディ、ルーの親友。アディ、この世でだれよりもルーのことを知っている人。それは手紙のなかのアディであって、いま、血が通った人として、筋向かいに坐っているアダム・アディという名の紳士ではない。とはいえ、彼は充分感じがいいし、彼のことは好きだ。

頬を赤く染めてルーを弁護してくれている。この事件を彼自身のことと考えているかのように。

彼に対する好意が湧き起こった。

そうだわ、アディはわたしにとって大切な人。わたしたちはよい友人だ。

でも、ルーはそれ以上を望んでいた。

愛を望んでいた。それは高望みが過ぎるだろうか？

ふいに、その場の全員がルーを見ていることに気づいた。この人たちはなにを話していたのだろう？　物思いにふけっていて、みんなのおしゃべりになんの注意も払っていなかった。

「この無言の凝視がつまりは返事だと思いますよ。当然、否定でしょう」子爵がボンボンをひとつ口に放りこむ。

「ルードミラ」おばが両手を揉みしぼった。「子爵はあなたが彼と結婚したいかどうかお聞きになったのですよ」

「まあ」

ついに、結婚の申しこみを受けたのに、その瞬間を完全に逃したとは。

子爵の肩が声にならない笑いで震えているのがわかった。

ルーは彼をにらみつけた。彼はルーが悩んでいる様子を明らかに楽しんでいる、この悪党。「でも、わかりませんか？　彼はわたしと結婚したくないんですよ！それに、おばさま、わたしに結婚を申しこむように彼を脅してほしくありません」

「だが、ぼくが望んでいるか望んでいないかは論点ではないというのが、この部屋における合意事項でしょう。ぼくにとって重要なのは、あなたが望むかどうかだ」

彼の目にまたあの問いかけの表情が浮かんだ。いったい全体、どういうこと？

ルーは立ちあがり、両手を握りしめた。

「自分がなにを望んでいるかわからないんです！」ルーは嘆いた。「あなたがたみんな、そうやって凝視するのをやめて、わたしを放っておいてもらえませんか！」

「あなたを子爵とふたりきりにしてほしいということ？」おばがいつになく優しい口調で訊ねた。

そんなこと、とんでもない。「いいえ！ ごめんなさい。もう耐えられません。でも、ひとつのことだけはわかっています」ルーは大きく息を吸った。「あなたと結婚したくありません、セント・アディントン。ただ一回の愚かしいキスのために、結婚させられて、互いに憎しみ合うようになることなど望みません」

「なるほど。そういうことか」子爵は皮肉っぽく両手を広げたが、そのまなざしは氷のように冷たかった。

「セント・アディントンが、自分が望んでいるか望んでいないかは論点でないという言葉は、まさに正しいですよ」アネスティナおばが鋼のような口調でぴしりと言う。「あなたがたふたりがどう望んでいようがどうでもいいんです。あなたの評判はずたずたになった、ルードミラ」そして、子爵に指を突きつけた。「だから、あなたがこの子と結婚するんです」

「こちらのレディが拒否するならば、それはない」セント・アディントンは肩をすくめた。「あなたのお考えは重んじられるべきだが、ぼくにもぼくの原則がある。ぼくはレディが嫌だということを強要しない。絶対に。そして、こちらのレディは自分の意志をはっきりさせている」

「エイドリアン！」アディが勢いよく立ちあがり、部屋のなかをぐるぐる歩きだした。そしてルーの前で立ちどまった。心のなかで葛藤しているのは、はたから見てもわかるほどだった。「こんなことは耐えられない。もしもきみが破滅から救うためにレディ・ルードミラと結婚しないのならば、ぼくがする」

ジェシカがはっと息を呑んだ。

アディはルーの前で膝をついた。「レディ・ルードミラ。どうかぼくの名とこの手を受け入れて、ぼくと結婚していただけますか？」

「なんと英雄的なことだ」セント・アディントンが指摘する。「しかも、非常に上品な申しこみかただ。次回はきみの手本を倣うとしよう」

「黙れ、エイドリアン」アディ、優しいアディがうなる。「レディ・ルードミラ？」

ルーは彼女のアディをじっと見おろした。彼の金髪はセント・アディントンのライオンのたてがみより細くて、生え際が少し後退し始めているが、灰色の瞳は心配と思いやりに満ちていた。

この人は誠実だ。

「わたしの大切なお友だち」ルーの声はかすかに震えていた。「とても感謝しています。この何年間もあなたを自分の友だちと呼べることを誇らしく思っていたわ。あなたから結婚の申しこみを受けるほど名誉なことはありません。信じてください。心から光栄に思っています。でも」ルーの瞳は涙でいっぱいだった。「あなたの犠牲を受けることはできません。たとえそれが友情と誠実の証だとしても」

アディの顔に困惑の表情がよぎった。

「きみのことも受け入れないらしい」セント・アディントンがほがらかに通訳する。「残念だったな。次はきっとうまくいくさ」

アネスティナおばがうめいた。「おふたりからの完璧な結婚の申しこみを拒絶するとは。この子のせいでわたくしは早死にしますよ。あの秘薬はどこ？　それに、なぜあなたが泣いているの、ジェシカ？　まったく、しっちゃかめっちゃかだわ、本当に！」

あらゆることが一度に爆発して混沌と化したように思えた。全員が一度に話しだし、例外はジェシカで、彼女はハンカチを顔に当てて大きく泣きじゃくっていた。

アダム・アディとセント・アディントンは論争していた。

ルーはジェシカの前にひざまずき、ジェシカに話をしようと試みていた。

その時執事が入ってきて、お茶のお代わりがいるかどうか訊ねた。

アネスティナおばがようやく嘆きの独白をやめて、気の毒な執事に向かい、すべてが彼のせいであるかのようにぴしりと言い返した。

男性たちが帰る時、セント・アディントンは突き差すような視線をルーに投げ、それからシルクハットを取ると、抵抗するアディを引きずって部屋から出ていった。

おばは頭がひどくがんがんするとこぼし、だれか秘薬をもっと買ってきてくれないかしらと嘆きながら、寝室にさがった。ジェシカはまだ泣きながら、自室に駆けのぼっていってしまった。

ルーだけが客間に残っていた。坐ったままため息をつき、自分にお茶のお代わりを注ぐ。美味しいお茶を台なしにしてはいけない。

その時、菓子がたくさん載っている銀色の皿にふと目が行った。

ルーはそれを凝視した。

震える手を口に当てる。ふいにすべてがわかった。

セント・アディントンはその皿からボンボンをつまんで食べていた。
ボンボンだけを。
ボンボンだけをひとつ残らず。

26

ルーは逃げだした。

おばとジェシカから、噂話と醜聞から。自分自身の混乱した思いと感情から。

そのとおり、それはまさに臆病者のすることだ。

そのとおり、アネスティナおばとジェシカは猛烈に反対し、留まるよう説得しようとした。

そのとおり、おそらく、どちらかのアディ（なんて紛らわしい！）と話し合う機会をもう一度持ち、この件を解決するべきだっただろう。

でも、ルーはもうこれ以上一瞬でもロンドンにいることに耐えられなかった。だから翌日、トランクに荷物を詰めてロンドンを離れたのだった。

自分はいまや破滅したのけ者であり、評判はずたずたとなった。

でも奇妙なことに、アディに関してすべて間違っていたという事実に比べれば、それは半分もつらくなかった。

アディ、最初はセント・アディントン子爵だと思い、それからミスター・アダム・アディだと思い、いまはまた子爵だと思っている。最初の直感が正しかったのに、セント・アディントン自身に惑わされ、それから、たまたま同じ呼び名だった彼の従兄弟の登場でさらに混乱した。そもそもなぜ子爵は、文通していた時にそのことを明らかにしなかったのだろう？　なぜ従兄弟の呼び名で呼ばせたのだろう？　あの晩餐会の時、その名前のせいでルーが戸惑っているのを子爵は知っていたはずだ。それなのに、そのままにしておいた。誤解を正すことを一度もしなかった。

いたちごっこをして、ただ面白いからという理由でそのままにしていた。彼はわざとルーを惑わせ、従兄弟までこの謎解きに巻きこんだ。セント・アディントンはアダムにアディのふりをしてほしいと頼んだのだろうか？　確信が持てないのは、アダムがいつも誠実そうに見えたからだ。

その一方で……アダムと交わした言葉をよくよく考えてみると、彼はふたりの手紙について話したことはなかった……あったかしら？

アダムに関しては、ルーが勝手に誤解した可能性もある。でも、セント・アディントンがこのいたずらを仕掛けていたと考えないわけにはいかない。

なぜこんなひどいことになってしまったの？

なぜ彼はわざとルーをだましたの？

そう考えると胃がむかむかした。熱くなった額を冷たい窓に押しあてる。馬車はバースに続く田舎道をガラガラと走っていた。悪路で揺れるたびに額がガラスにぶつかってはずんだ。

いくらでも分析することはできたが、どれほどこねくり返したとしても、事実は変わらない。アディが――ルーのアディが――、ルーが思っていたような人ではなかったということ。ルーの想像のなかに存在しただけということ。

胸にぽっかり穴があいたようだった。

ミルドレッド大おばの霊廟のような家に戻るのを嬉しく感じるとは思ってもいなかった。今年が終わるまで、カーテンを閉めた暗い部屋に横になっているのがまさにいまの自分に必要なことだった。

ひづめの音が止んで馬車が停止した。

ルーははっと我に返り、馬車の扉を開けた。

「この馬の蹄鉄がひとつ取れてしまって」御者がぼやいた。「つけるあいだ、あたりを散歩したらどうですかね」

ルーは馬車からおりて、周囲を見まわした。

ゆるやかにうねる丘とそこを流れる小川、かすかに雪化粧した牧草地を眺めながら、ルーは冷たい空気を胸いっぱいに吸いこんだ。御者は正しい。短い散歩で元気をもらって、この憂うつを振り払えるかもしれない。

小道づたいに歩いていくと、絵のように美しい小さな田舎家があった。夏には、薄い灰色の石壁にバラが這いのぼるだろう。藁葺きの屋根はまるで庭師の帽子をちょこんと載せているかのようだ。

ルーは息を呑んだ。

ここに、ルーの夢の家が建っている。足りないのは一匹の犬と一匹のネコ、そして数羽のニワトリだけ。そして、それだけでは夢の家として足りないかのように、門の脇に看板が立てられていた。

〝ブランブルローズ・コテージ〟売り家《フォー・セール》。

その下に、詳細はブロムリー＆ブラウン社にお問い合わせくださいと書かれていた。

「女性をもっとよく理解できればいいのだが」ロンドンでもっとも悪名高き女たらし、セント・アディントン子爵エイドリアン・アディが疲れた声で言った。

アダムは書いていた手紙から顔をあげた。眉間に思慮深そうな皺が寄っている。

「混乱した状況であることは間違いない」首を振る。「しかしながら、この混乱の大部分の責任はきみにあると言わざるを得ない。いったいどうしたんだ？　きみらしくないぞ」

エイドリアンはため息をついた。「むしろ、容易に理解できると言うべきか？　彼女はぼくと結婚したくない。結婚したいと思ったこともない。実際のところ、大昔に起こったあるできごとのせいで、ぼくを軽蔑している。彼女にはぼくを信頼する根拠がない。誠実な友情を築いてきたとしても、それはすべて手紙によるものだ。彼女がその手紙とぼくを関連づけることに対して、ぼくは気が進まないどころか、むしろ心底怯えている」

アダムは眉を持ちあげた。「その話は聞いていないぞ。話してくれ」

エイドリアンはアダムに、カードルームでの賭けごとをたまたまレディ・ルードミラに聞かれた話をした。

「レディ・ルードミラがマシュー・フレデリックスとの婚約をやめたことに関して、ぼくは責任を負うべきだったかもしれない」彼は認めた。「彼女の結婚の可能性を台なしにした」

アダムは指でペンをまわしながら考えこんだ。「それで、ぼくの呼び名の陰に隠れたわけか。きみがそれほど臆病とは考えたこともなかった」

エイドリアンの頬に赤みが差した。首筋をこする。「きみならば、おそらく彼女が期待するイメージを満たしてくれると思った。だからこそ、ぼくの代わりに、貸本屋の前で彼女に会ってほしいときみに頼んだわけだ。言わば、様子見だな」

「なるほど。そして、レディ・ルードミラの代わりにレディ・ジェシカが現れた」

今度はアダムが赤面する番だった。

「白状しろ、従兄弟よ。その赤い顔はいったいなんだ？」

「実際、きわめて混乱した状況だった。きみの頼みならば、喜んで手を貸そうと思った。きみの代わりを務めることでもだ。従兄弟が好きになったレディと散歩することになんの問題がある？　しかも、好奇心もそそられていたからね。この偉大なる放蕩者がついに女性に対して真剣な関心を寄せたとは！　だから、あの貸本屋に行き、レディ・ルードミラを待った……自分がアダム・アディだと告白しようと固く決意していたが、その時、レディ・ルードミラの代わりにレディ・ジェシカがやってきた」そう言いながら、まだ両手に持っている手紙をじっと見つめる。「驚いたなんてもんじゃなかった。それは彼女も同じだった」

「なるほど。それはなぜだ？　当ててみようか。レディー・ジェシカはきみが文通していた女性だった」

アダムは立ちあがり、部屋のなかを歩きだした。「ボンドストリートを歩いていた時に、ひとりのレディが通りを横断するのを見た。丈の高い帽子の箱を持っていたせいで、そもそも走ってくる二頭立て二輪馬車が見えていない様子だったが、その時、あろうことか、つまずいて転んだんだ。ぼくが駆け寄って、道を渡る手伝いをしなければ、悲劇的な事故が起こったはずだ。危ういところだった。馬車を御していたのがだれか知らないが、明らかに制御できていないようだったからね」

「よくやったな。それが、レディ・ジェシカと出会った顚末か。それから、文通を始めた」

「レディ・ジェシカがとても美しく書かれたお礼のカードを送ってくれたので、同じような返事を出さずにはいられなかった。それで、しばらく文通していた。訪問して、求愛するつもりだったが、その頃、彼女が約束の場所に現れなかったことがあった。そうだ、ちょうどぼくがきみとクラブに行く予定を忘れた日だ。そのあとぼくは病気になり、きみが頻繁に行っていた舞踏会や晩餐会に出られなかった。そして、彼女が突然文通を中断した。念のために言うなら、彼女がやめたのは当然の成り行きだったと思う。だが、ぼくは疑念に襲われた。ありとあらゆる男たちから言い寄られているると聞き、ぼくの関心は、当初思っていたほど歓迎されていなかったのだと思った。きみの代わりを頼まれた日まではね。彼女はぼくに会って心から喜んでいる様子だった。少なくとも最初はね。そこに彼女の姉が加わったとたん、黙って後ろにさがった」アダムは顔をしかめた。

エイドリアンは両手で頭を抱えた。「アダム、なんということだ。レディ・ルードミラに求婚した時、きみの心はレディ・ジェシカにあったというのか？　きみの紳士としての高潔さは称賛すべきだが、もしもレディ・ルードミラがきみの求婚を受けたら、どうするつもりだったんだ？」

アダムは悲しそうに従兄弟を見やった。「わかっている。だが、レディ・ルードミラに好意を持っていたし、よい友人同士になっていたことは間違いない。ぼくたちが結婚しても、そこまでひどいことにはならないと思ったし、彼女が破滅すると考えたら、ああするしかなかった。だからこそ、なぜよりにもよってきみが、この結婚を追求しないのか、いまだに理解できない」首を振る。「それについて、どうするつもりなんだ？」

実際、どうする？　まさに混乱のきわみだ。エイドリアンは疲れ切って、肘掛け椅子の背にもたれた。「言ったはずだ。ぼくと結婚しろと彼女に強制することはできない。とくにルーに対しては。正直、ぼくは途方に暮れている」

アダムは従兄弟をじっと眺めた。「なんということだ、エイドリアン。だれが考えただろうな。きみがついに恋に落ちるとは」

恋に落ちてなどいない、エイドリアンはそう反駁しようとした。

しかし、もちろん、アダムが正しいとわかっている。

アダムは唐突に立ちあがった。「ぼくの帽子はどこだ？　いますぐにグロヴナースクエアに行き、レディ・ジェシカと話す必要がある。彼女はきのう、とても悲しそうだった。彼女が不幸せだとしたら、ぼくは耐えられない」執事がアダムのコートと帽子を持ってきた。アダムは従兄弟を見やった。「きみはどうするんだ？」

「ぼくはコヴェントガーデンに行く」エイドリアンはそっけなく言い、帽子を取った。

27

「ルー――ドミラアア！」

ルーはペンを落とした。「いま行きます、おばさま！」

やれやれ。今度はなんだろう？　ミルドレッドおばは、腱膜瘤も消化不良も疫病も治っていないばかりか、いまや悪寒と肺病と猩紅熱まで患っているらしい。箱に何本も詰められていたドクター・ロズリーの万能薬をすべて飲んでしまった。万策尽きたルーは、おばのためにどうすればいいのか、医師に相談した。薬屋でさらに万能薬を購入してくると見せかけて、アラン医師のもとを訪れたのだ。

「正直な答えと、表向きの答えと、どちらが欲しいですか？」アラン医師は眼鏡をはずし、気の毒そうにルーを見つめた。

「正直な答えです、よろしければ」ルーは両手を揉みしぼった。

「おばさまを家から外に出しなさい。太陽の光と新鮮な空気。なんとかして、温泉に連れていくのもいい。せっかくバースにいて、すぐそばに温泉があるのだから、その利点を活用するべきだ。とはいえ、彼女の病気は身体的なものではなく、精神的なものだから、なにをしてもおそらく治癒にはつながらないでしょう。根本的な原因は不安と抑うつです。ご主人が亡くなって何年になりますかな？」

ルーはうなだれた。「二年です」

アラン医師はうなずいた。「おばさまがいまもご主人を失って悲しんでおられることを理解しなければなりません」

「もちろんです」ルーは言った。「でも、なにを与えればいいでしょうか？　次は、ヘビの油を塗りたいと言っていますが」

「あんなのはいんちきな薬です。まあ、飲まないかぎり、害はないでしょう。それから、アヘンチンキはそばに置かないようにしなさい」

医師は鎮静のためにカノコソウのお茶を飲み、それに加えて二時間の鉱泉浴と、そのあとにベッドで一時間汗をかくようにという処方箋をしたためた。

そして、その用紙をルーに渡した。「おばさまを劇場に連れていくことができれば、それは最善の薬となるはずですよ」そう言って、ルーに向かってウィンクしてみせた。

最後に劇場に行った時のことを思いだし、ルーのなかに強い感情が湧き起こった。

いいえ、あそこには戻れない。過去には戻らない。でも、劇場は……何か劇を観賞すれば、気分が高揚して、ルー自身にとってもいいかもしれない。薬屋の扉を開けながら、ルーはそう思った。呼び鈴がカランカランと鳴る。

カウンターの前には数人のレディが待っていて、その奥で薬剤師が忙しそうに粉をすりつぶし、それを小さな紙の袋に詰めていた。

待っているレディたちは、ルーが入っていくとぴたりと黙った。

「こんにちは」ルーは彼女たちに挨拶をした。近隣に住む人々で、親しくはないが、挨拶する間柄だ。しかし、きょうは様子が違った。ふたりのレディはどちらもルーに背中を向けた。

そして、用事が終わると、ルーのことはちらりとも見ずに出ていった。

これはどういうこと？

ルードミラはカノコソウのお茶とヘビ油、そしてドクター・ロズリーの万能薬をもうひと瓶を手に入れると、ゆっくり歩いて家に戻った。

女性たちがルーを見かけると通りの反対側に渡っていくのは、ただの想像だろうか？

街に向かう時は物思いにふけっていてなにも気づかなかった。

しかし、いまは間違えようがない。

人々は、とくに女性たちは、ルーを避けている。

疫病のように。

ざわざわする気持ちを抱えたまま、ルーはおばの家に戻った。ただの偶然と自分に言い聞かせる。ただ想像しているだけ。バースに戻ってきてまだ一週間も経っていない。噂話はそんなに速く伝わるだろうか？

人々との交流を切望するなんてあり得ないと思っていたが、人々に避けられているいま、心からだれかと話したかった。

すべてはロンドンに行ったせいかもしれない。アネスティナおばに命じられて社交的にならざるを得ず、その結果、不可能だと思っていたことが起こった。晩餐会やピクニック、朝食会や夕食会に慣れ親しみ、本屋や美術館や動物園を訪れ、一度などヴォクソールにも出かけた。アネスティナおばが毎日予定を詰めて入れたから、行事や催しで休む間もなかった。

そのすべてを懐かしく思うなんて、考えもしなかった。

ミルドレッドおばの家で数日過ごしたあと、ルーは落ち着かない気分に陥った。外出する必要がある。アラン医師には観劇を勧められた。

街で壁に貼られた芝居のビラを見かけた。『ハムレット』がロイヤル劇場で上演されるらしい。

『ハムレット』、まさにうってつけだ。でも、どうすれば不調を訴えるおばを、ソファから立ちあがって、劇場に出かけるように説得できるだろう？

「劇場ですって！　あなた、頭がおかしくなったの？」おばは恐怖にかられた顔でルーを凝視した。

「いいえ。でも、こうしてこれ以上家に閉じこもっていたら、そうなるでしょう。たまに楽しむのは、心の健康にもっとも良いことなんですよ」

「なんとばかばかしい。心にもっともよいのは休息です」

「アラン医師から、もっと変化に富んだ活動的な生活を送るように指示されたんです。彼が言うには、おばさまの健康を改善するには、とくに、そういうことが必要なんですって」

その言葉が大おばの関心を捉えた。「アラン医師ですって？　診察に来てほしいと一度頼んだけれど、その時はほかの患者さんで忙しそうだったのよ。わたくしに比べれば、どれも大したことがない病人ばかりだったのに。あなたはいつ、アラン医師と話したの？」

「きょうの午後です。処方していただきました」

ルーはミルドレッドおばに処方箋を手渡した。

おばはその紙を子細に眺めた。「まあ。カノコソウのお茶。散歩と鉱泉浴？　それは試したことがないわね」

「試してみたらいいですよ。行きたければ、あした行きましょう。そんなに遠くないでしょう？　それに今夜、ハムレットの上演もありますわ」

午後いっぱいかけて、ルーは一緒に劇場に行くようにミルドレッドおばを説得した。

「もう二十年も劇場に足を踏み入れていないんですよ」おばが断言する。

「それならなおのこと、そろそろ行ってもいい頃合いだわ、おばさま。行きましょうよ。おばさまにもわたしにもいいことですわ」

つい最近まで、強制されなければ、そうした社交行事に出ようとしなかったルードミラが、劇場に行こうとおばを説得しているとは。

「行けるとは思えないけれどねえ、ルードミラ。脚がとても痛いんですよ」

ルーは苛立ちを覚えた。「では、わたしひとりで行ってきますわ」ぴしりと言った。

「ルードミラ！　そんなことできませんよ！　レディはひとりで出かけてはなりま

せん」ミルドレッドがたしなめるように眉をひそめる。

「そうでしょう？　だから、おばさまが一緒に来てくださる必要があるんです。きれいなドレスを着て出かけましょう。十分だけ我慢して、それでもお嫌だったら、いつでも帰ってこられるわ」

　ロンドンにドレスを全部置いてきたことをルーは後悔した。少なくとも、一着は持ってくるべきだった。でも、後の祭り。手持ちの服でなんとかするしかない。

「なんとまあ。ロンドンですっかり甘やかされてきたようね。そんなに娯楽に興じたいとは。でも、実を言うと、わたくしも興味が出てきましたよ。わたくしの時代と比べて、俳優たちがどれほどひどいか見てみたいものだわ」

「それなら、出かけていって、確かめなければ」

「そうね、いいでしょう」大おばが深々とため息をついた。「わたくしが同行しないかぎり、あなたは諦めそうもないからね」

　かくして、ルードミラと大おばはその夜、『ハムレット』を観賞するために劇場に出かけていった。

　劇場の玄関で、彼女はその男性に出会った。

ほかのほとんどの男性たちと同様、黒い礼服という姿だった。

ルーと大おばが彼の横を通りすぎると、彼はくるりと体を旋回させてふたりをまじまじと眺めた。

見覚えがあるような気もしたが、ルーはロンドンでたくさんの人に紹介されたから、そうであっても不思議ではない。もともと記憶力が悪いので、セント・アディントン以外の人の顔はよく覚えていない。知っているのに知らないふりをするのはまずいので、いちおうその男性に向かってうなずいてから、ルーは大おばの腕を取り、階段をのぼり続けた。

男性の刺すような視線がルーを追った。「レディ・ルードミラ?」

ルーははっとした。その声は聞き覚えがあった。とても長いあいだ聞かなかった声だ。

ルーは振り返った。

男性が笑みを浮かべた。「あなたでしたか」

「マシュー?」かすれ声しか出てこなかった。そんなはずがあるだろうか? この人がマシュー? あの赤い制服に身を包んだハンサムで長身で粋なわたしのマシュー? 目の前の男性はでっぷり太り、髪の生え際が後退した中年男性だった。

なんということ。彼になにが起こったのだろう？

「どこで出会ってもあなたのことはすぐにわかる」ルーはこの男性について、同じことを言えなかった。「お元気ですか？」彼はルーの手を取り、大きく上下に振った。

「マシュー。びっくりしましたわ」というより衝撃を受けたと言うべきか。人がこんなに変わることって可能なのだろうか？

「こちらはどなた？」ミルドレッドおばが興味津々で彼を眺めた。

「こちらはフレデリックス大尉」いろんな想いがごちゃまぜになって、思わず声が詰まった。「マシュー。こちらはおばのレディ・ミルドレッド・アービントンです」

マシューはおばの手を取り、頭をかがめた。「レディ・ルードミラとはロンドンで親しくさせていただきました……しばらく前のことですが」ミルドレッドおばに説明する。

「しばらく前……」ルーは繰り返した。正確にどのくらい前のことだろう？　十年？　もっとだ。ここで彼に出会うとは、なんと気まずいことだろう。だが、マシューは同じように感じてはいないらしく、にこやかにルーを見おろしていた。

「ぼくたちは楽しい時を過ごしたんですよ、ロンドンで」

そうだった？

「一緒に出たパーティや舞踏会を全部覚えていますよ」彼がミルドレッドおばに言う。

「本当に？」ミルドレッドおばが片眉を持ちあげてルーに訊ねる。

ルーはいたたまれずに身をすくめ、答えなかった。

「ひと晩じゅうダンスをしました」

「ひと晩じゅうではなく……」ルーは口を挟んだ。

「それに、何日も公園を散歩して、過ごしました」

「そうでした？」マシューと公園を歩いたことなど思いだせない。

いいえ、たしかにあったかもしれない。ハイドパークで。一回だけ。

「いい時代だった、あの頃は」彼が頭を前後に振る。

ルーは好奇心にかられて彼を眺めた。その頃のルーの記憶は、当時マシューを恋していると思っていた時でさえ、とくに最後のほうはバラ色だったとはとても言えない。そう、たしかに、自分は彼に夢中だった。でもそれは最初だけ。その頃を、バラ色のレンズを通して振り返るのは簡単だ。でも、そうすれば、おのずとそのあとのことも思いだすことになる。心がずたずたに張り裂けた時のことを。彼が財産目当てだと、だまされていただけだとわかった時のことを。

彼はなおも満面の笑みを浮かべてルーを見おろしている。まるで、ルーとの記憶が愛情深いものだったと本気で信じているかのように。そのことが、ルーを心底まごつかせた。

「それでは、わたくしたちはもう行かないと……」おばが階段をのぼりだした。ルーもマシューに向けて会釈し、そのあとを追おうとしたが、その時マシューがルーの手をつかんだ。

彼が声を低めた。「たしかに最後は明るい雰囲気と言えなかったことはわかっているが」とても静かな声だったので、彼が言っていることを聞くためにルーは前かがみにならざるを得なかった。「それに、その責任がすべてぼくにあったことは認める。その当時のことを思いだして後悔しなかったわけではない。きみに謝罪をしなければと何度も思っていた。信じてほしいのだが……あの時のぼくの状況が違っていれば……」彼は口ごもった。「つまり、知ってほしい。あの時、きみがどう思ったにしろ、ぼくの振る舞いに反して、ぼくの愛情は偽りのないものだった。事態が違う方向に進んでほしかったと時々思うんだ」

ルーはあぜんとした。「でも――」

彼はルーの手を強く握りしめ、それから放した。

「あら、そこだったのね、マシュー。いったいどこにいらしたの？　あちこち探したんですよ。アグネス、メアリー、パパはここにいたわ」ふたりの少女を引きつれた背の高い痩せた女性が彼に近づき、腕をつかんだ。「一分でも目を離せないわね。すぐにどこかに行ってしまうのだから。クラヴァットが曲がっていますよ。あの従者は辞めさせるようにと言ったでしょう。クラヴァットひとつちゃんと結べないんだから。行きましょう、マシュー。劇が始まってしまうわ」女性はルーを押しのけるように、夫を引っ張って階段をのぼっていった。

マシューはルーに顔をしかめてみせると、妻のあとを追った。

「来ないの、ルードミラ？」おばが片方の眉をあげて問いかけた。階段の上からこの幕あいのできごとを全部見ていたに違いない。

ルーはおばについてボックス席に入っていった。

劇に集中するのは難しかった。

よりにもよって、あのマシューから謝罪を受けたということ？　こんなに長い時を経たあとに？　いったいなぜ？　あれは心からの言葉だったの？

さまざまな思いが入り乱れる。

世間知らずの純真な娘だった十年前のルーならば、満足感を覚えたかもしれない。でも、いまのルーは……どうでもよかった。ずっと前に癒えている傷に絆創膏を貼ったようなものだ。それでも、心の奥底に埋もれていたもつれがほぐれたのがわかった。ルーは胸の前で片手を握りしめた。目から涙があふれそうになって目をしばたたいた。

深く息を吸う。

マシューを許すのがこんなに簡単ならば、セント・アディントンのことは？　彼については、なぜ許すのがこんなに難しいの？

ルーの視線は見慣れた姿を求めて舞台をさまよったが、もちろん、彼はそこにいなかった。舞台の上にキャリバンはいない。ほかの俳優も彼ではなかった。

セント・アディントンが演じているのはロンドンで、バースではない。

でも、最初から最後まで緊張して坐りながら、ルーの視線は観客のあいだをさまよい、舞台をうろついて、片方の口角を持ちあげて皮肉っぽい笑みをたたえた長身の姿を探していた。

休憩時間になると、ルーは愚かしい自分を叱った。神経質な興奮が過ぎ去り、今度は意気消沈して暗い気持ちになっていた。

一階席にマシューの妻のミセス・フレデリックスの姿があった。座席の選択について大声で話し、夫をがみがみ叱りつけていた。

彼は妻の尻に敷かれた恐妻家なのだ。

あわれなマシュー。

ルーは彼を気の毒に思った。

過去は過去、と自分に言い聞かせる。

そろそろ、前に向かって動きだす時だ。

28

おばは、最初の十分が過ぎたあとも、帰りたがるどころか、こんなに楽しいことはないと断言した。

休憩時間には、ふたりで食堂まで行き、ミルドレッドはなんとシャンパンまで所望し、すすりながら、周囲を眺めて楽しんでいた。

「社交の場に出てきたのは久しぶりだけど、ひとつだけ明らかなことがありますよ。人々は変わらないということ。いまも、いつもと同じように嬉々として噂話をしているわ」ルーにそう言い、非難するように鼻を鳴らす。それからささやいた。「あなたが休憩室に行っているあいだに、レディ・スペンサーが信じられない話をしていましたよ。マクレスフィールド公爵令嬢が洒落者のスティルトン卿と危うく駆け落ちするところだったんですって。危うくというのは、ありがたいことに、父親がそれを知って、最後の最後に駆け落ちを食い止めたとか」

ルーは息を呑んだ。

「驚きでしょう？　まだあるのよ。あの悪党のスティルトンは最初からその娘と結婚する気がなかったとわかったの。なんらかの理由で、父親に復讐するために娘を破滅させたかったのですって」ミルドレッドが手をひらひらと振った。

ルーは握りしめた手を胸に当てた。「でも――でも、お父上はどうやって駆け落ちのことを知ったのでしょう？」

ミルドレッドはシャンパンをひと口すすってから答えた。「父親の元に匿名の通報があったとか」

「匿名？」ルーは繰り返した。

「そうらしいですよ。話全体がまったく愚かしいと思いますけれど、マクレスフィールド家はよく知っているのでね。昔のことだけど。わたくしのジョンとマクレスフィールドがいつも一緒に狩猟に行っていました」おばの顔に哀愁が漂う。

「彼の娘のシンシアは美しい子でねえ。ちょっとおばかさんだったけれど」

セント・アディントンに違いない。あの冷たい無関心を乗り越えて、正しいことをした。ルーは全身が震えるのを感じた。深い感動にとらわれて、息ができないほどだった。

「あなた、どうかしたの？」ミルドレッドが訊ねた。「目がきらきらして、頬も真っ赤だけれど」

「ここがとても暑いからだわ、おばさま。それだけのことですわ」ルーは劇のプログラムで顔をあおいだ。

ミルドレッドおばも、かつてはいまのようではなかったという思いがルーの頭にふと浮かんだ。昔はだれよりも若くて元気なデビュタントだったに違いない。実際、そうした思い出がよみがえったのか、今夜のミルドレッドはいつもより少し生き生きしている。

「若い時はしょっちゅう劇場に行ったものですよ」ミルドレッドがクジャクの扇子をあおぎながらほほえんだ。「ああ、あの日々！　時を経ても、顔ぶれがほとんど変わっていないのがおかしいわねえ。ほら、あそこにレディ・ウィンプルがいますよ。二十年前とまったく同じテリアのような顔ね」

ミルドレッドは数メートル離れたところに三人の娘たちと一緒に立っているレディ・ウィンプルに会釈をした。

レディ・ウィンプルは凍りついたように目をみはり、それから、こちらに背を向けた。全員デビュタントである娘たちを急かして遠ざかろうとしている。

「あの人はわたくしを無視したの？　なんと奇妙なこと」ミルドレッドは眉をひそめた。そしてパチンと扇子を閉じた。「わたくしに気づかなかったのかもしれないわね。社交の場に出てきたのは久しぶりだから。あそこまで行って挨拶してくるわ」

ルーはおばの袖をつかんだ。「放っておいたほうがいいかもしれませんよ」なにが起ころうとしているのかうすうす感じていたからだ。しかし、おばはすでに戦艦のようにそちらに向かって進んでいた。

「クレメンティア」ミルドレッドはレディ・ウィンプルの肩を扇子で叩いた。

レディ・ウィンプルが小さく飛びあがった。「ミルドレッド、あらまあ。最初は自分の目が信じられなかったわ。あなたなのね」

「もちろんわたくしです」ミルドレッドがさわやかに言う。「久しぶりねえ、でも、あなたはどこで会ってもわかりますよ」

「もちろん」レディ・ウィンプルは旧交を温めたい気持ちとよそよそしい態度の狭間で葛藤しているようだった。「ジョンが亡くなってから会ってなかったわね。あなたがこの地上から姿を消したかと思ったわ」

「病気がよくなったり悪くなったりしていたのよ。きょうは少し調子がよくてねえ。でも、ここの空気のせいでまた片頭痛が起こりそうだわ」

「たしかにひどい混雑だわね」レディ・ウィンプルが同意した。「でも、ロンドンに比べれば大したことありませんよ。ロンドンから戻ってきたばかりなの、娘たちとね」

「わたくしの姪のルードミラもですよ」おばが話している間、ルードミラはおばがルーのほうに注意を向けないように願いながら、背後をうろうろしていた。

「そうですわね」レディ・ウィンプルの声が冷たくなった。「そのことは聞いていますよ。衝撃だわ。そう言わざるを得ません。衝撃的！」レディ・ウィンプルがまたくるりと背を向けた。

ロンドンでなにが起こったかルーから聞かされていなかったミルドレッドは、なにもわからず顔をしかめた。レディ・ウィンプルの肩を扇子でまた叩く。「ロンドンでも、ほとんどなにも変わっていないようね。人々がなんにでも、そのように大騒ぎしているのなら」

「ええ、でも、そのなんにでもの原因があなたの、その」レディ・ウィンプルが、天井を見つめているルードミラを見やった。

「そのなに？　なんなんです？　はっきり言いなさい、クレメンティア。わたくしの耳は昔ほどよく聞こえないのでね。ひどい耳の病気から回復したばかりだから」

「あなたの姪よ」レディ・ウィンプルが非難の声でささやいた。

「ルードミラ？」ミルドレッドの声が大きかったので、何人かがこちらを振り返った。

ルードミラは縮みあがった。

「この子がどうしたんです？　ここに来なさい、ルードミラ。レディ・ウィンプルにご挨拶しなさい。子どもの時の友だちだったんですよ。昔のことだけど」

ルードミラは深く息を吸うと、膝を折ってお辞儀をした。しかし、レディ・ウィンプルはルーのことを完全に無視した。

「さあ、あなたがた、いらっしゃい。堕落者とは話しませんよ」レディ・ウィンプルはルーに背をけ、娘たちを急かして立ち去ろうとした。

ミルドレッドは一瞬顔をこわばらせた。「あらまあ」そして、レディ・ウィンプルの肩を激しいと言ってもいいほど強く叩いた。

「おばさま！」ルーは半泣き半笑いの状態でおばを止めようとした。

「その手を放してくださいな」レディ・ウィンプルが最大限冷たい声で言う。「破滅した女性たちとは話しません」

「クレメンティア、わたくしの記憶では、あなたはたしかに昔から頭が切れるとは言えなかったけれど、そのばかげたたわごとはいったいなんです？」

「あなたが知らないなんて言わないでちょうだい」レディ・ウィンプルがあえぎながら、驚いたように言う。

「もちろん、知りませんよ。さあ、言ってごらんなさいな」

「ホートン卿から直接聞いたんですよ。彼は作り話を言うような人じゃありませんからね。あなたの姪が」レディ・ウィンプルが小さくなっているルードミラに怒りのまなざしを向けた。「あなたの姪が厚かましくも、放蕩者とキスしていたんです。公園の真ん中でね。レディ・サマセットの冬のピクニックの時ですよ。全員から見える場所で」

「なんというたわごとを。ルードミラはそんなことはしませんよ」

「直接彼女に聞いてみたらいいわ」レディ・ウィンプルが顎をしゃくって、ルーのほうを示した。

すでに周囲の人々の注目を集めており、その人々がいまや話をやめて、おばたちのやりとりに耳を澄ましている。

ルーの顔が真っ赤になった。

「ルードミラ。あなたは放蕩者とキスをしたんですか？」おばの甲高い声が部屋じゅうに響き渡る。

全員が聞いている。

何十もの目がルードミラを見つめている。まさにルーの悪夢のとおりに。ルーは人々の詮索好きな顔と好奇に満ちた目を眺めた。全員が、この世でもっとも単純な罪で女を裁こうと待ち構えている。全員が、第二幕のために席に戻るように促す鐘の音を無視した。目の前で繰り広げられる事件のほうが、年老いたハムレットの独白よりもはるかに刺激的でおもしろい。

ルーはこのまま身をすくませ、引きさがることもできた。顔を伏せ、おばの腕を取って引っ張って離れればいい。ここから逃げだして、おばの家に隠れればいい。

ルーのなかでなにかがはじけた。もうこんなことはうんざりだ。いい加減にして!

「そのとおりですわ、おばさま。見込みのない年増の独身女性が、放蕩者とのキスのほかに、いったいなにができるというんです? しかも、目を開けたまま」ルーの落ち着いた声ははっきりと、むしろ舞台上の俳優の声よりも大きく響き渡った。その部屋の全員がルーの返事を耳にした。

衝撃のあまり、その場がしんと静まった。

さあ、やってしまった。これでもう、二度と社交の場に顔を出すことできない。

大変な悲劇とまでは言えないが、ルー自身がようやく社交を楽しめる気持ちになった時にこうなったのは折が悪かった。

とはいえ、やってしまったことは仕方がない。

ミルドレッドがぽっかり口を開けてルーを凝視している。そのおばの腕を取り、歩きだした。人だかりが、ふたりの前で、まるでモーゼの渡る紅海のようにみるみる二手に分かれた。

「なんとなんと。すばらしい、よくぞ言ったわ！」ルーの右手からレディの声が聞こえてきた。その言葉を発したのは、身なりのよい上品な女性だった。豊かな茶色の巻き毛がはずんでいる。「胸のすくような答えでしたね。この長い、長い人生で耳にした、もっとも機知に富んだ反論でしたよ。しかも、本当にあなたの言うとおり。でも、突然ごめんなさいね。わたくしたち、まだお会いしたことなかったわね。わたくしの夫はアシュモア公爵です。お知り合いになれてとても嬉しいわ」片手を差しだし、ルーの手を取って握手をした。「近々訪ねてきてくださいな。これが名刺よ」女性はルーに金の文字が書かれた小さなクリーム色のカードを渡した。「必ずね。お待ちしていますよ」そして、ミルドレッドに向かってうなずいた。「ご同伴の方もご一緒に」

「あ、ありがとうございます」ルーはぼう然とカードを眺めた。

そのレディはルーに向かって感じよくほほえみかけると、長身の紳士の腕を取った。紳士もルーに向かってうなずき、それから自分たちのボックス席に戻っていった。

つぶやき声が部屋じゅうにあふれた。ところどころ笑い声や拍手が混じっている。その拍手が次第に増えていった。人々はルーとすれ違う時、ルーに向かってうなずき、ほほえんだ。

ルーは目をぱちくりさせた。

押しつぶされた独身女性という状況から、奇抜な機知に富む女性という立場に、数分間でいっきに昇格したわけだ。

それもすべて、ルーがあえて自分に正直になり、ついに自分の心内を言葉に出したからだった。

「人生におけるもっとも奇妙な劇場訪問のひとつでしたよ」馬車のなかでミルドレッドが言った。「アシュモア公爵夫人とは！　しかもご招待なんて！　あの方が、この英国でもっとも影響力のあるひとりだと知っていました？　まだ胸がどきどきしていますよ。わたくしの薬はどこかしら？」

「知りませんでした、おばさま」ルーはまだぼう然としていた。「公爵夫人のことです、薬でなく」

「あのクレメンティアはほんのちょっとも変わっていませんね、いやな女だこと。いつも悪意に満ちて敵意をむきだしにしてくるのだから。しかも胴まわりがますます太っていましたよ。それより、ルードミラ。ロンドンであったことをわたくしに全部話しなさい。最初から。今夜声をかけてきた紳士の話もね。わたくしが間違っていなければ、あそこにいたのは、あなたの以前の恋人ね。彼はとても感傷的な様子でしたよ」

ルーは最初から最後まですべてをおばに話した。どのようにマシューと婚約する寸前だったか。どのようにその話が粉々に壊れたか。どのようにセント・アディントン子爵に会ったか。彼がどのような状況でルーにキスをしたか。話さなかったのは、長いあいだアディと文通していたことだけだった。

おばはルーを心底驚かせた。ゆっくりうなずいたのだ。「わたくしのジョンも同じでした。名うての放蕩者だったの。醜聞をいつも渡り歩いていましたよ。そして最後に、ご存じのとおり、わたくしたちは駆け落ちしたの」

なんですって？　ミルドレッドが放蕩者と駆け落ちした？

ミルドレッドはその時のことを思いだしているらしく、嬉しそうにほほえんだ。

「ヴォクソールの仮面舞踏会で出会ったんですよ。人生でもっともロマンティックな夜でした。わたくしはもう結構な歳になっていたけれど、彼は一瞬でわたくしを好きになったのです。それからいろいろあって、結局駆け落ちすることになったの。ジョンがこの世を去るまで二十年間、とても幸せな結婚生活でした。彼を失った悼みから回復できるとは思えないわ」ハンカチで目を拭う。

ミルドレッド大おばがかつてそんなロマンティックな恋愛をしたとは、だれが考えただろう？　彼女の心気症の下には深い深い悲しみが横たわっていたのだ。ルーはおばを少しだけ理解できたような気がした。

大おばの手を取った。「ジョンおじさまに先立たれたことをお悼みしますわ。彼を失って深い悲しみにとらわれたのは当然だわ。そのことにまったく気づかなくてごめんなさい」

ミルドレッドは鼻をかんだ。「ええ、そうなのよ、どうしようもないの。でもあなた！　あなたの人生はもっとおもしろいことになりそうじゃないの」

家に入ると、ミルドレッドは小間使いに言った。「今夜は、秘薬は必要なさそうですよ」階段をのぼるその足どりははずんでいるように見えた。

ルーが放った言葉はすさまじい勢いで国じゅうをめぐった。それがどれほどの速度だったか、数日後にジェシカから受けとった手紙でルーは知った。

ルードミラ！！！！

信じられないことが起きたのよ！　上流社会全体があなたのせいで大騒ぎよ！　あなたはいまや有名人！　ハンフリーズの店（セントジェームズストリートにあった版画店）に、クルックシャンク（英国の風刺挿絵画家）の描いたあなたとセント・アディントンの戯画が飾られたという知らせを受けとったばかり。それがものすごく売れたらしく、印刷が追いつかないみたい！　アネスティナおばさまに引きずられて、すぐ一緒にセントジェームズストリートに行ったら、たしかに版画店の窓の外は、貼られた戯画を見るためにすごい人だかりになっていたわ。派手派手しい装いのしゃれ男が、おぞましい服装の独身女性を仕方なさそうに両腕に抱えていて、その女性が唇をとがらせて彼にキスをしようとしながら、〝見込みのない年増の独身女性が、放蕩者とのキスのほかに、いったいなにができるというんです？〟と言っているとんでもない絵なのよ。

　そのふたりがだれかは書いていないけれど、だれのことかみんな知っているわ。もしも本当にあなたがその言葉を言ったなら、なんて衝撃的で、なんて機知に富んで、なんて勇気あることでしょう！　あなたのことをあんな絵にするなんてひどいと少し憤慨したけれど、とてもおかしい絵であることは認めざるを得ないわ！

　おばはその場で気を失いそうになって、それからつかつかと店に入っていって一部買おうとしたけれど、全部売り切れだったのよ。おばはこれこそ最後のとどめだと、これでもはや救いようなく、あなたの評判は粉々になったと確信していて、いろいろ嘆いていたわ。でも——人っておかしなものね！　みんな、気に入ったみたいなのよ！　摂政皇太子殿下まで！　驚いたでしょう？　皇太子殿下は膝を叩いてお笑いになって、そのレディはだれかと訊ねて、ぜひ会いたいとおっしゃったそうよ！　そのお言葉が広まって、いまやだれもが訪ねてきて、劇場であなたが本当にその恥ずべき言葉を言ったかどうか知ろうとしているわ。

　あのおばさまが、続々と届く招待状をどうしたらいいかわからなくて困っていらっしゃるわ。

あなたをもてなす最初のホストになりたくて、みんなが躍起になっているみたい。殿下からのお手紙はもう届いたかしら？　届いたら、絶対に教えてね！

これを書きながら、わたしは大笑いしています。すぐに返事をちょうだい。そして、本当にその言葉を言ったのかどうか教えてね。

あなたの妹、ジェシカより

ルーはこの手紙を読みながらロールパンを喉に詰まらせ、ひどい咳の発作に襲われた。

「まあ、どうしましょう、まあ、まあ！」笑っていいのか、泣いていいのかわからなかった。

クルックシャンクの戯画？　ルーとセント・アディントンの？　セントジェームズストリートの真ん中に飾られている？

つまり、これで名実ともに上流社会の笑いものに確定したということだ。

それもこれも、放蕩者にキスをしたという理由で。

そしていまや、摂政皇太子殿下が個人的に知り合いになりたがっている！

もしもこれが数カ月前ならば、ルーは屈辱のあまり、おばの庭に巨大な穴を掘って自分を埋めていただろう。でもいまは、この事態をおもしろがる不道徳な感覚がこみあげてくる。人は本当に奇妙なものだ。最初は検閲のように取り締まって糾弾していたのに、今度はルーのような独身女性を称賛するとは。

　さらなるのけ者として扱う代わりに、正反対のことをするなんて、なんて不思議なことだろう。道でルーと出会ったら、以前のように背を向けるのではなく、帽子を持ちあげて挨拶するとは。人々の行動はまったく予期できないし、理解もできない。どんな絵なのか見てみたかったから、売り切れてしまったのはとても残念だった。

　ジェシカが手紙で書いていたように、こちらにも招待状が殺到していた。けさだけでも午後のお茶会の招待状を三通受けとり、朝食会が一通、演奏会が二通に舞踏会が一通届いていた。

「知らない方ばかりだわ」ルーは困惑し、ある日の朝食の席でミルドレッドに言った。

「数通受けて、あとは断りなさいというのがわたくしの忠告です。いまや、親しくつき合う人々を選べる立場にいるのですからね」ありとあらゆる病気のことばかり考えることをやめたミルドレッドは、むしろ一緒に楽しく過ごせる人となり、ルーはこの大おばがますます好きになっていた。万能薬やほかの薬をすべてやめたわけではないが、少なくとも、ルーがカーテンを開けて、部屋に日光を入れる時に反対しなくなった。

気がつけば、ルーの人生ははるかに過ごしやすいものになっていた。

29

その朝にルーは重要な会合を持った。ブロムリー&ブラウン社を訪ねて、バースへ戻る時に見かけた田舎家を購入する可能性について話し合ったのだ。

「あの物件はたしかに売り家です」ミスター・ブロムリーがテーブルの上で太い指を合わせて尖塔の形を作る。「しかしながら、真剣に購入を希望する方以外は受けつけていないのです」まるまると太ったはげ頭の紳士で、マホガニー製の執務机の後ろにいる時だけ偉い人に見えるという人物だった。彼の態度から見て、ルーが本気だと思っていないことは明らかだった。

「わたしは真剣です」ルーは彼に言った。「しかし、ミス――」

彼が片方の眉を持ちあげた。

「レディ・ルードミラ・ウィンドミアと申します」

「おお、そうでしたか。奥さま」彼がまっすぐに坐り直した。

「この家を購入したいと考えています」ルーは父から引き継いだ遺産に加え、多額の貯蓄もあった。もしも望むならば、大邸宅さえ購入することも可能だった。

この事実が、ついにミスター・ブロムリーの注意を引いた。ようやく関心を持ったらしく目をきらりと光らせたのだ。「どうぞおかけください、奥さま」彼は立ちあがり、ルーのために椅子を引いた。

ルーは腰をおろした。

その田舎家はルーのものになった。

もちろん、必要な書類や契約書への署名、資金の移動など、弁護士を必要とする手続きはまだあった。しかし、ともかくも、この家を獲得する第一権利者ということで、ミスター・ブロムリーと合意に至った。書類作業が終われば、引っ越しができる。

ルーははずむような足どりでミルソムストリートを歩いた。薬屋の前を通ったので、おばのために塗布薬を受けとっていくことにした。

店に入ると、数人のレディがルーに向かってにこやかにうなずいた。

「レディ・ルードミラ。ごきげんよう。わたくしがお出しした、あしたの音楽会の招待状を受けとっていただけましたかしら？」

おそらく受けとっているのだろうが、その女性がだれか、どうしても思いだせなかったので、ルーはただうなずいてほほえみかけた。「そちらでお会いできるのが楽しみですわ」

女性はうなずき返すと、離れていった。

「セント・アディントン子爵がついにつかまっちゃったと聞いたわ」ほかのレディがそばのレディに話している。そして、ルーの方を見て声をひそめた。「彼女は知っているかしら?」

扉の取っ手にかけたルーの手が凍りついた。

「まさか! 信じられないわ。あの方はわたしが思いだせるかぎり、ずっと女性たちにつかまらないように逃げていたのよ」

「それでも、本当らしいわ。わたしの兄が先日、ボンドストリートの宝石店で彼を見かけたのよ」女性がルーにも聞こえるくらいの声でささやいた。「結婚指輪を買ったのですって」

「まあ、それはすてきな話ではないこと? お相手がどなたかわかっているの?」

「十中八九、ミス・ペドルトンだと言われているわ。ほら、あの晩、彼女と二回踊っていたもの」女性が舌打ちする。

「大した家柄の方でもないのにね。まさに悲劇だわ。彼ならば、どんな女性でも選べたでしょうに」

ルーはもう耐えられなかった。

もちろん、ただの噂話に過ぎない。これまでの人生がなにかを教えてくれたとすれば、それは噂話に耳を貸してはいけないということだ。でも、たったいま感じた貫かれたような心の痛みを無視するのは難しかった。

ルーはなにも買わずに店をあとにした。


その夜、ルーは眠れなかった。

体が熱くなり、それから冷たくなり、また熱くなったが、それはかぶっている羽毛の掛け布団とはなんの関係もなかった。

起きあがって窓を開け、夜の冷たい風に当たった。

それから机まで行くと、新しい用紙を出して、アディへの手紙を書いた。セント・アディントン宛でもなく、アダム・アディ宛でもない。ルーの、ルーだけのアディ宛だ。存在しない友人。手紙を書き始めた時からずっと思い描いていたわたしのアディ。

彼が暖炉の脇に坐り、犬のマクベスを撫でながら、手紙を読んでいる姿を想像した。彼はそれぞれの文章にくすくす笑ったり、にっこりほほえんだりしながら読むだろう。そして読み終えると、ペンを取って返事を書き始めるだろう。


親愛なるアディ、わたしの大切なお友だちへ
ああ、あなたと話がしたくてたまりません。わたしたちの手紙はいつも活発な話し合いでしたものね。

初めて、あなたがここにいて、直接話ができたらと願っています。

わたしはとても混乱しているの。

あなたとものすごく話したい。

地球上で、あなたほどわたしを理解している人はほかにいないと感じています。

でも、わたしが感じているこの混乱した切望の思いは、あなたもよく知っている人に対するもの。

セント・アディントンに対する思いです。

彼は恐るべき放蕩者。そして恐るべき女たらし。だから、わたしはいますぐに、心から彼を追いだすべきなのです。でも、彼について考えるのをやめられない。

そしていまここで、こんな真夜中に、まるで恋煩いをしている女学生のようにこ

の手紙を書いています。

ああ、アディ、わたしが恐れているのは最悪のこと。彼を愛してしまったのではないかと恐れているのです。でも、彼はほかのだれかと結婚するみたいなの。

どうしたらいいのでしょう？

どうすべきなのでしょう？

あなたがここにいて、混乱しているあなたの友に助言してくれればと願わずにはいられません。

ルーより

ルーはその手紙を何度も折って、小さな四角にたたむと心臓の上に押し当てた。

もちろん、これを出すつもりはない。

でも、思いを吐露したことで、思いのすべてを書き記したことで、奇妙なほど穏やかな気持ちになった。

こんなことばかげている。いま自分が感じているのは愛ではない。

ただのぼせているだけ。

マシューの時と同じことと。
マシューに対する気持ちとまったく同じ。

30

しばらくのあいだ、ルーとミルドレッドの毎日はかなり忙しいものだった。夕食会や音楽会に出席し、ふたりとも驚いたことに、どちらも想像していたよりもずっと楽しんだ。

ルーは縁なし帽をまた引きだしにしまい、茶色ではなく、明るい色合いのドレスを着始めた。

その頃、ルーは一通の手紙を受けとった。

最愛のルー

すばらしい知らせがあるの！

わたしはアダム・アディと婚約しました！　彼が先日、巨大なバラの花束を持って訪ねてきて、最高にロマンティックなやり方で求婚してくれました。ああ、ルー！　わたし、とても幸せなの！　それで、実はあなたに告白しなければならないことがあるのよ。わたしが通りを渡って事故に遭いそうになった時に助けてくれたのは彼だったの。そのあとしばらく文通をしていたのだけれど、それから疑念を抱いてしまったのよ。最初は自分が恋に落ちたと思ったけれど、だんだんわからなくなってしまって。それにアネスティナおばさまに爵位を持つ紳士と結婚するように言われ続けていたから、爵位を持たないアダムをおばさまがよしとしないのではないかと恐かったのよ。だから、彼の正体をあなたにまで隠していたの。気の毒なアダム！　彼は、わたしが彼の気持ちに報いることができないと思ったのね。わたしも、彼を忘れたほうがいいと思ったわ。そのあとに、事態がとても複雑になってしまって、それからずっと長いあいだ、あなたの親友、あなたが文通していた人がアダムだと誤解していたの！　あなたの代わりに彼に会ってほしいと頼まれた時に、貸本屋の前に彼が現れたのだから、なおさらよね！

ああ、あの時はとても驚いたし、とても悩んだわ！　それでも、アダムがどういう人なのかをあなたに告げることができなかった。もしもアダムがあなたの心をとらえている男性なのだとしたら、それはどんな状況であっても、ふたりのあいだに割って入りたくなかったからよ。なぜなら、わたしのルー、あなたは幸せになるべき人なんですもの。たしかにあの恐ろしい午後、彼があなたに求婚した時には、深く傷ついたことは認めるわ。でもあの時に初めて、自分が彼を愛しているとわかったのよ。

でもとにかく、最後にはすべてがうまくいったと思わない？

アダムはとても素敵な求婚をしてくれたから、いまのわたしはこの世のだれよりも幸せです。

結婚式には必ずロンドンに戻ってきてくれると約束してちょうだい。実は、二カ月後にセントジェームズ教会で結婚したいと思っているの。アネスティナおばさまもとても喜んでくださっているわ。事態の進展には戸惑ったみたいだけど。あなたに対しては、セント・アディントンの求婚を断ったことをまだ少し怒っているのではないかと思うけれど、きっとそのうち吹っ切れるでしょう。とくにいまのあなたは有名人ですもの！

たくさんの愛をこめて

あなたの幸せな妹より

ジェシカとアダム・アディ！

ルーの顔に小さな笑みが踊った。もちろんだわ。なぜもっと早く気づかなかったのかしら？　自分の問題で頭がいっぱいで、明らかな徴候を見落としていた。気の毒なジェシカ。どんなに苦しんだことだろう。ただただ甘やかされて育ったと思っていた妹が、姉のために犠牲を厭わない広い心の持ち主に成長していた。
「ああ、ジェシカ」ルーはささやいた。「あなたとアダムのこと、本当に心から嬉しいわ」

ある午後、散歩から戻るとまた別の一通の手紙が待っていた。手書きの文字はとてもよく知っている筆跡だった。心臓がどきんと跳びはね、それからめちゃくちゃな鼓動を打ち始めた。
ルーは震える手で封を切り、それを読んだ。

レディ・ルードミラ
きみはなんというとんまなんだ。それについて話そう。
あした、きみを訪ねていく。
きみの従順なしもべ、アディより

気づくと片手で喉もとを押さえていた。自分の目がおかしいの？　ルーはもう一度手紙を読んだ。あした、彼女を訪ねてくるとはっきり書いてある。

でも、どうやって？

それに、なぜ？

これはあきらかに返事に見える……ああ、なんということ、そんな、あり得ない！

あの真夜中に書いた手紙を間違えて彼に送ってしまったのだろうか？　心臓が冷たい恐怖にぎゅっとつかまれた。

「ヒックス！」ルーは叫んだ。

執事が現れた。ルーが大声を出したことに驚いている。だれかが大声をあげるなんて、ミルドレッド大おばの屋敷における執事人生で初めてのことだったに違いない。「お嬢さま？」

「先日、わたしの手紙を投函したかしら？　机の上に置いていたものを？」

「はい、お嬢さま。ロンドンのブルトンストリート宛になっていました。これまでの多くの手紙と同様に、次の郵便馬車で出してほしいのかと思いました」

ルーはすぐには言葉を発することができなかった。「そんなまさか。投げ捨てていなかった？」

「そのようなことはございませんでした、お嬢さま」

「本当に住所が書いてあったの？」

「はい、そうです。封もして、すぐに出せるようになっていました」

ルーの顔が燃えるように熱くなった。「でも――そんなことしなかったのに！　くしゃくしゃに丸めて……」声が途中で消えた。たしかに丸めなかった。小さくたたんだのだ。そして、気持ちが散っていたせいで、無意識に宛名を書いたのかもしれない。あとでくしゃくしゃに丸めて捨てるつもりで。そしてたぶん、捨てなかった。あり得ることだ。ヒックスはそれを見て、投函の準備ができていると思い――

「ああ、どうしよう」ルーはつぶやいた。「だめよ、だめ、だめ！」

あの夜になにをしたのか、ほとんど思いだせなかった。手紙を燃やそうと思って忘れたのかもしれない。ヒックスが、忠実な執事である彼がそれを見つけて、投函したのだろう。

「お嬢さま？　大丈夫ですか？」

ルーはヒックスを凝視した。「時々、ヒックス、あなたがそこまで優秀な執事でなければいいのにと思うわ」

彼は目をぱちぱちさせた。ルーの言葉をどう受け取ればいいのかわからなかったに違いない。

ルーは手を振って、彼をさがらせた。「気にしないで、大丈夫」

でも、大丈夫ではない。どうするべきだろう？

いまや、アディはルーの手紙を読んでいて、〝それについて話す〟ためにロンドンからやってくる途中だ。

ルーは部屋を行ったり来たりした。動揺のあまり、胸が早鐘を打っている。彼はなにを話そうというのだろう？ 不吉な感じがする。話し合うことなんてなにもないじゃないの！ 彼になにを言えばいいというの？ ひどい間違いだったとでも？

自分がなにを書いたかわかっていないと説明する？

昔からの友で文通相手をとても好きだから書いたのだと？

彼に向けて書いたつもりではなかったと言う？

気づくと冷や汗をかいていた。

彼が来る必要はまったくないと、彼はいまいるところに、すなわちロンドンのどこかに留まるべきだという返信を書くべきだろう。そう考えてから、その返事を彼が受けとることはないと思い当たった。

すでにバースに向かっているというほうがありそうだ。

どうすればいい？

ルーは両手で頭を抱え、大きくうめいた。

「ルードミラ！　どこか痛いの？」ミルドレッドが心配そうな顔をして、客間から出てきた。「顔色がとても悪いわ」ルーを押して椅子に坐らせる。

「ええ、自分の愚かさ加減に衝撃を受けているせいなの」ルーはおばに説明した。

「どういう意味かわからないけれど、いいことではなさそうね。アンモニアの気付け薬が必要？　それとも、ドクター・ロズリーの万能薬？　貼り薬？」

「三つともくださいな、おばさま。それから、カノコソウのお茶もお願いします。神経をなだめる作用があるものがほしいわ」

ミルドレッドがルーの腕を軽く叩いた。「さあさあ、このまま横になって寝てしまいなさい。あとで小間使いにカーテンを閉めにこさせますよ」

ルーはベッドに横になった。間違いなく、きょうは人生で最悪の日だ。

31

ルーは眠れない夜を過ごしたあと、翌朝はずっと窓辺で過ごし、歩いて近づいてくる紳士が見えないかとカーテンのあいだから外をのぞいていた。

もちろん、〝朝の訪問〟が文字どおり朝を意味するわけでないことは知っている。来るはずの訪問者が現れるのは、おそらく午後になるだろう。

それでも待たずにはいられなかった。午前中片時も窓から離れず、爪を噛んでいたのに、結局、彼が家に向かって歩いてきたその瞬間を見逃すことになった。

メイドが部屋に朝食の盆を運んでくるかどうかと聞きにきた時に違いない。扉のほうを振り返って返事をしたからだ。

「いいえ、いらないわ、ありがとう、メアリー」お腹はすいていなかった。たとえすいていたとしても、喉に塊が詰まっていて、なにも呑みこめなかっただろう。

その時ふいに廊下のほうでバリトンの声が聞こえた。執事が彼を客間に案内しているらしい。

ルーは青ざめた。ぱっと立ちあがり、両手を握りしめる。

病気になったふりをしようかと思った。すでに顔に血がのぼってかっかとしているし、体は力が入らず、心臓は不規則に轟いていたから、具合が悪いふりをするまでもなかっただろう。

不在だとヒックスに言ってもらうこともできる。

扉が開いて、ヒックスが入ってきた。「ミスター・〝アディ〟とおっしゃる方があなたさまに会いにお見えです。お名前を全部教えてくださらず、名刺も出されませんでした。異例のことです。このまま追い返しましょうか？」

嵐が吹き荒れている頭のなかで一瞬そのことを考えた。でもそれは臆病者のすることだ。ルーは首を振った。「すぐにおりていきます」

窓辺に立って外を見ている彼を目にしたとたん、なぜかふいに緊張が消えて、苛立ちを感じた。

「あなただとわかっていたわ」

窓辺の紳士が振り返った。

「レディ・ルードミラ」

「その名前で呼ばれたくありません」

「そうだろうな」

「それであなたの名前は？」

彼は肩をすくめた。「エイドリアン」

「エイドリアン・エドワード・アディ。セント・アディントン子爵」ルーは疲労感を覚え、長椅子に坐りこんだ。膝ががくがくしている。息遣いも速く荒くなっている。

「順番は逆だ。エドワード・エイドリアン。だが、エドワードという従兄弟もいるので、エイドリアンを使っている」

「アディ」

「子どもの時のなごりだ」

ルーは頭を振った。「でも、アダムの愛称がアディでしょ？」

「いや、アダムはアダムで、エイドリアン《Adrian》の愛称がアディ《Addy》だった。だが、いつも名字の発音と混同されてしまうんだ。アディ《Addy》とアディ《Adey》。今回は、それがむしろ好都合だとぼくは思った」

「なんてひどい人！　アダムがあなただと、ずっとわたしに信じさせようとしていた」

「ぼくだとわかったら、きみが怒るだろうと、それを恐れていた」

「でも、わかったわ、最初は。わたしはあなたがアディだと正しく結びつけた。そのあとわからなくなってきて、その困惑をあなたが助長した」

彼は魅力的な笑みでルーにほほえみかけた。えくぼがひとつ現れた。ルーは胸の前で腕組みし、恐い顔で彼をにらみつけた。

「きみはひどく怒っている。これからぼくが言おうとしていることを言ったら、ますます怒るだろうな」彼は片足からもう一方の足に重心を移し、首の後ろを撫でた。

「実を言えば、文通が始まって一カ月後にバースに来た」申しわけなさそうに言う。

「たぶん、すでに三通の手紙をやり取りしていた。すぐそこまで来て、きみの家の前を歩いて通り抜けながら、訪問しようかどうしようかと考えた。呼び鈴を鳴らし、自己紹介することを考えた。その時ちょうど、きみが家から出てくるのが見えた。傘に隠れていて、ちゃんとは見えなかったが。そこでおじけづき、最後の瞬間に考えを変えた」

彼は、ルーがロンドンでやったのと同じことをしていたわけだ。ルーは顔をしかめた。「わからないわ。この一連のなぞ掛けはいったいなんなの？　なぜ自分がだれかを言ってくれなかったの？　わたしをからかって楽しんでいたの？」苦々しい口調で言う。

「違うよ、ルー。きみはそう思っているのか？　きみをからかうなんて、一度も考えたことはない」彼の目には、いつものような冷たさではなく、燃えるような決意が浮かんでいた。

「それならなぜ？」

「なぜなら――」彼は立ちあがり、部屋を行ったり来たり歩きだした。「ぼくがだれかを知った時に、きみがその事実を受け入れてくれると思えなかったからだ。ひどい放蕩者で通っていたから」

たしかにそうかもしれない。

「自然な形で交友を深めていきたかった。だがそうこうしているあいだに、きみはマシューたちとカードルームにいたぼくを関連づけた。次に会った時、きみは明らかにその時のことを覚えていて、ぼくを軽蔑していた。当然だろう。あの時のぼくの振る舞いは見下げ果てたものだったからね、控えめに言っても。それと同時に、ぼくが文通相手のアディかどうか、きみは確信が持てなくなった。告白するが、ぼくはあまりに臆病すぎて、その時にアディが自分だと認めることができなかった。それに加えて、アダムがアディの役をみごとにやってくれた。それで、その状態を続ければ続けるほど、真実を明かすのがより難しくなった」

「でも、最初に会った時に」ルーはゆっくり言った。「貸本屋のなかでわたしのほうに歩いてきたあの時、なぜ外のベンチで待っていなかったの？」

「すでにきみのことをよく知るようになっていて、ぼくのルーがどうするかわかっていたからだ」一歩前に出る。「貸本屋のなかに隠れて、ぼくがだれかを確認する。ぼくがベンチのところで待っているのを見たら、きみは絶対に出てこなかっただろう」

〝ぼくのルー〟と言う言葉にルーは顔を赤くした。彼が言ったことは正しい。この人はルーのことをよくわかっていた。ずっと、よくわかっていたのだ。

「ついでに弁解すれば、あの時アダムがあのベンチに来たのは偶然だった。たまたまあの日、レディ・ジェシカと約束して、彼女が現れなかったらしい」

「でも二回目はアダムにあなたのふりをさせた」非難する口調になった。

「うむ、そうだ。そこでもまた、ぼくは臆病者だった。だが、同じことがきみにも言えるんじゃはないか。きみはジェシカを代わりに行かせた。アダムもそれに合わせてぼくを演じた。放蕩者の従兄弟エイドリアンがついに女性を好きになったことを喜んでいたからだ」

ルーの顔がさらに真っ赤に染まった。「わたしが理解できないのは、なぜあなたがずっとそれを続けたかということよ。指摘できる機会はあったのに、あなたはそうしなかった。だからわたしは確信を持てなくなった」

「きみがセント・アディントンをあまりに軽蔑していたから、そのまま下劣なやつでいるのは難しくなかった。むしろ恐れたのは、本気で恐れていたのは、ぼくがアディだと気づいた時に、きみの感情が憎悪に変わることだった。このぼくをきみは許すことができるだろうか？」彼の目にこめられた後悔は本物だった。「きみを失うことが恐ろしかった。明らかにすることは、最初から許されていないも同然だった。ぼくの家の前の街灯のそばで待っているきみを見たあの日、きみがだれか知らないふりをして、ただ歩いてきみのそばを通りすぎるのは、これまでの人生でもっとも難しいことだった、いや、もっとも難しいことに近かった」彼は唾を飲みこんだ。「間違いなくもっとも難しいのは、これからやろうとしていることだ」両手をこすり、彼女の前を行ったり来たりする。足を止め、また歩き始める。

そして数歩歩き、もう一度足を止めてルーを見た。「ここに来たのは、これをやるためだ――くそっ、なぜこんなに難しいんだ？」言葉を切り、ポケットから手紙を取りだした。「ここに書いてあるのは、本当のことか？」

ルーはさっと青ざめた。「あの手紙はたまたまの偶然だったの――送るつもりはなかったのよ。ヒックスに言われるまで、送ったことすら気づいていなかったの！」手紙を取ろうと手を延ばしたが、彼は届かない場所に手を動かした。

彼がにやりとした。「だが、送ったわけだ。ありがたいことに」

ルーはうめいた。

エイドリアンがつかつかと歩いてきて、ルーの前に膝をついた。「本気だったと言ってくれ」彼の燃えるようなまなざしがルーの目をじっと見つめる。「言ってくれ」

ルーは両手で顔を覆い、首を激しく振った。彼がルーの両手を引きはがす。

「本気だったと言ってくれ」

「ごめんなさい。本当にごめんなさい、わたし……」

彼の顔が曇った。

ルーは大きく息を吸いこんだ。「こんな告白をするなんて、まさに人生でもっとも恥ずかしい瞬間だわ。でも、残念ながら、あのひどい手紙の言葉は一言一句本気だったのよ。ごめんなさい、渡してくれたら、すぐに燃やしてしまうわ。そうすれば、あなたは、わたしの書いたことなど無視して、なにも起こらなかったように生きていけるでしょう？」

ルーはもう一度手紙を取ろうとしたが、彼がまた届かないように遠ざけた。

彼の目に光がともった。

「ルー。ルードミラ」ルーはなぜこんな間違いを犯したかについて、さらに理由をつけ加えようと口を開いた。でも、彼がさえぎった。「ぼくのルー」

そして、ルーにキスをした。念入りな徹底したキスだった。

そして、ルーはなにを言おうとしていたかを完全に忘れ去った。

すばらしいひとときのあと、ルーは乱れた髪で目をきらめかせて彼の膝に坐っていた。

「あの戯画を見たよ」彼の口がおもしろそうにぴくぴく動いた。「ある朝目が覚めると、ロンドンじゅうがそれについてぼくと話したがっていた。摂政皇太子も含めてだ。ついでながら、彼はきみに会いたいと言い張っている。アダムは笑いすぎて、床に転がりそうになった。きみはすばらしい人だ、ルー。そのこと、わかっているかい？　これが言えて最高に嬉しい。あの戯画を一枚手に入れて、きみへの結婚の贈り物にしよう。額に入れて壁に飾ったらいい」

「いい考えだわ、アディ」ルーは彼のクラヴァットをいじっていた。幸福すぎて有頂天になっている。「そうだわ！」あることを思いだして、顔をあげた。「スティルトンとレディ・シンシア・ヴァンヒールのこと、ついに動いてくれたのね。父親に匿名で警告したのはあなたでしょう？」

「ああ、ぼくかもしれない」

「ほかの男の情事に関与しないと言っていたのに？」ルーはにっこりほほえんだ。

「なけなしの良心のせいで、心安らかでいられなくなった。それに、やっても損はないかなと思ってね。きみの好意を得る助けになるかもしれない」

「もうひとつあるわ、閣下」ルーはまた顔をしかめた。「忘れるところだったわ。あなたがあの恐るべきミス・ペドルトンと結婚するつもりだと聞いたのよ。彼女のための結婚指輪を買うところを目撃されていたわ」

彼が小さな箱を取りだして、ルーに手渡した。「これのことかな、もしかして？これはきみに渡すつもりで購入した。ミス・ペドルトンのことはなにも知らない」

「それから、なぜジェシカに求愛したの？　わたしを嫉妬させるため？　それがあなたの動機ならば、悲しいことに、成功だったと言わざるを得ないけれど」

「本当なのか？　嫉妬した？」彼がにやりとして、ルーのほどけていた髪を引っぱった。「あの時は一時的に気持ちが動揺し、きみにとってアダムが完璧な相手だと自分を納得させようとしていた。彼と一緒になったほうが、きみが幸せかもしれないと考えた。それで、アダムがジェシカを気にしているように見えたので、彼から引き離そうとした。まったくひどいやつだ、ご存じのとおり」

「わたしとアダムを結びつけようとしたのね？」ルーは目をぱちくりさせた。

「ああ」彼がルーの耳たぶをかじる。

「でも、なぜ？」

「きみたちふたりが、理想の組み合わせと思ったからだ。アダムはきみを好ましく思っていたし、その気持ちを深めていた。その時点で、彼がジェシカを愛していることをぼくは知らなかった。ぼくよりも彼と一緒になるほうがきみにとってよいと思い、その方向に向かって手助けしようと決意した。まったく愚かだった」

「本当ね」

ルーは小箱を開けて、はっと息を呑んだ。なかには一粒のダイヤモンドの指輪が入っていた。とても美しく、飾りがほとんどないせいで上品さがきわだっている。

ルーが顔をあげて彼にほほえみかけると、彼はその機会に乗じてまた彼女にキスをした。「言わなければならないことがあるの。実は、田舎の一軒家で暮らそうと思っているのよ。ニワトリを数羽飼って。もうその家を購入したの」しばらく経ったあと、ルーは彼に告げた。

「ぼくがきみと一緒に暮らすことを許してくれるなら、きみがどこで暮らそうと決めてもまったくかまわない」彼は少し考えた。「それに、演技力を維持するために、たまにバースかロンドンの劇場に行くことになる。それより、どう思う？　セントジェームズ教会で、アダムとジェシカと一緒に同時結婚式というのは？」

「ぜひそうしたいわ」ルーはため息をついた。

「もうひとつだけ知りたいことがある。最終的に、きみはぼくがアディだとなぜ確信したんだ？」

「簡単なことよ。あなたがぼろを出したんですもの」

「どういうふうに？」

「ボンボンよ。あなたは、お皿に載っていたボンボンだけを全部食べ尽くしたの」

「ぼくが？　そうだったか？」彼は自分の頭をぽんと叩いた。

ルーは彼の胸に頭をもたせかけた。「ひと皿のボンボンのおかげで、ふたりは末永く幸せに暮らしましたとさ」

訳者あとがき

文通。奥ゆかしい古風な響きです。

遠く離れてしまった親しい友人と手紙のやりとりをする。遠距離恋愛の恋人たちがあふれる想いを綴った手紙を送り合う。単身赴任で離ればなれになった夫婦が手紙で連絡し合う。卵焼きが焦げてしまうのをどうしたらいいかと訊ねる手紙をニューヨークで投函して東京まで届くのに二週間、フライパンを先に温めることと答えた返事が東京からニューヨークまでまた二週間、一カ月後にようやくまともな卵焼きが食べられるようになったというのは、冗談ではなく、六十年前には実際あった話です。

SNS（ソーシャルネットワークサービス）が世界中に普及したいま、そうした理由で文通することはなくなりました。でも、そんな時代だからこそ、用事ではないことをつれづれなるままにしたため、大切な人に出したり、あるいは出さなかったりして、気持ちの整理をしたり、感情を満たしたり、癒やしを得たり、絆を深めたりする。現代の手紙はそんな役割を担っているのではないでしょうか。

不朽の名作、ジーン・ウェブスター作の児童文学作品『あしながおじさん』は、毎月手紙を書くことを条件に、匿名の評議員から大学進学の奨学金を提供された孤児ジュディが、日常生活をせっせと書き綴る手紙だけで構成された作品です。ジュディが見たのは壁に映ったその評議員の影だけ。金持ちの親切な老紳士と思いこみ、その文通相手に自分が愛するようになった男性のことまで打ち明けます。でもその男性が実は……。

本作品も少し似ているかもしれません。美形な一族の中で自分だけが無器量と思いこんでいるヒロイン、ルー。両親亡きあと、妹はロンドンのおばに引き取られて華やかに暮らしていますが、ルーはバースの片田舎で病弱なおばの看病をしています。そんな彼女の心の寄りどころは、もう三年間も続けている親友との文通。でも、その相手は本名を知らず、実はだれだかわからない男性です。ルー自身、知性豊かで文学にも芸術にも造詣が深く、手紙では素のままの自分を出して活発なやりとりができるくせに、地味で冴えない容姿を卑下して、文通相手に自分の正体を明かすことができません。

ロンドンのおばの元に滞在し、その文通相手と会う運びとなった時、ルーは自分の姿は見せずに相手の正体を知ろうと、美しい妹を巻きこんであれこれ画策しますが、偶然が重なったうえに登場人物それぞれの思惑がからみ、該当する相手が放蕩者の子爵なのか、その従兄弟のアダムなのかわからなくなってしまいます。

文通相手の使っている愛称と、子爵たちの名字が似ていて紛らわしいうえに、子爵のほうにはルーに真実を明かせない理由があり、従兄弟のアダムにもアダムなりの理由で打ち明けられないことがあり、状況はますます複雑になるばかり。

解決策はただひとつ、本心を打ち明けること。手紙で、そして、声に出して。その結果、とても素敵な結末が訪れます。

著者のソフィ・ラポルトはオーストリアのウィーン生まれ、韓国のソウルで育ち、米国メリーランド州で比較文学を学び、現在は夫と三人の子どもたちとオーストリアに住んでいます。旅行のほか、田舎を散策して中世の城の廃墟を探索するのが趣味とのこと。お茶目で甘く切ないリージェンシー・ロマンスのシリーズをいくつも上梓しています。

本書〝*Lady Ludmilla's Accidental Letter*〟は『陽気な未婚女性と魅力的な放蕩

者』シリーズの第一作です。第二作〝*Miss Ava's Scandalous Secret*〟、第三作〝*Lady Avery and the False Butler*〟と現時点で三作品、どれもAmazonで四つ星半以上の高い評価を得ています。本年秋には第四作〝*Miss Louisa's Final Waltz*〟が刊行予定とのこと。いつかシリーズ全作品を皆さまにご紹介できることを願いつつ。

二〇二四年二月　旦　紀子

レディ・ルーの秘密の手紙
2024年2月16日　初版第一刷発行

著 ……………………………… ソフィ・ラポルト
訳 ……………………………… 旦紀子
カバーデザイン ……………………… 小関加奈子
編集協力 …………………… アトリエ・ロマンス

発行 …………………………… 株式会社竹書房
〒102-0075 東京都千代田区三番町8-1
三番町東急ビル6F
email : info@takeshobo.co.jp
https://www.takeshobo.co.jp
印刷・製本 …………………… TOPPAN株式会社